Tucholsky
Wagner
Zola
Scott
Sydow
Fonatne
Freud
Schlegel
Turgenev
Wallace
Twain
Walther von der Vogelweide
Fouqué
Friedrich II. von Preußen
Weber
Freiligrath
Frey
Fechner
Fichte
Weiße Rose
von Fallersleben
Kant
Ernst
Richthofen
Frommel
Hölderlin
Engels
Fielding
Eichendorff
Tacitus
Dumas
Fehrs
Faber
Flaubert
Eliasberg
Ebner Eschenbach
Feuerbach
Maximilian I. von Habsburg
Fock
Eliot
Zweig
Vergil
Ewald
Goethe
Elisabeth von Österreich
London
Mendelssohn
Balzac
Shakespeare
Dostojewski
Ganghofer
Lichtenberg
Rathenau
Doyle
Gjellerup
Trackl
Stevenson
Tolstoi
Hambruch
Mommsen
Lenz
Droste-Hülshoff
Thoma
Hanrieder
Dach
Verne
von Arnim
Hägele
Hauff
Humboldt
Karrillon
Reuter
Rousseau
Hagen
Hauptmann
Gautier
Garschin
Defoe
Hebbel
Baudelaire
Damaschke
Descartes
Hegel
Kussmaul
Herder
Wolfram von Eschenbach
Dickens
Schopenhauer
Rilke
George
Bronner
Darwin
Melville
Grimm Jerome
Bebel
Proust
Campe
Horváth
Aristoteles
Voltaire
Federer
Herodot
Bismarck
Vigny
Barlach
Heine
Gengenbach
Storm
Casanova
Tersteegen
Gilm
Grillparzer
Georgy
Chamberlain
Lessing
Langbein
Gryphius
Brentano
Claudius
Schiller
Lafontaine
Strachwitz
Kralik
Iffland
Sokrates
Katharina II. von Rußland
Bellamy
Schilling
Gerstäcker
Raabe
Gibbon
Tschechow
Löns
Hesse
Hoffmann
Gogol
Wilde
Gleim
Vulpius
Luther
Heym
Hofmannsthal
Klee
Hölty
Morgenstern
Goedicke
Roth
Heyse
Klopstock
Kleist
Luxemburg
Puschkin
Homer
Mörike
Musil
La Roche
Horaz
Machiavelli
Kraft
Kraus
Navarra
Aurel
Musset
Kierkegaard
Lamprecht
Kind
Kirchhoff
Hugo
Moltke
Nestroy
Marie de France
Laotse
Ipsen
Liebknecht
Nietzsche
Nansen
Ringelnatz
Marx
Lassalle
Gorki
Klett
Leibniz
von Ossietzky
May
vom Stein
Lawrence
Irving
Petalozzi
Knigge
Platon
Pückler
Michelangelo
Kafka
Sachs
Poe
Kock
Liebermann
Korolenko
de Sade
Praetorius
Mistral
Zetkin

Der Verlag tredition aus Hamburg veröffentlicht in der Reihe **TREDITION CLASSICS** Werke aus mehr als zwei Jahrtausenden. Diese waren zu einem Großteil vergriffen oder nur noch antiquarisch erhältlich.

Symbolfigur für **TREDITION CLASSICS** ist Johannes Gutenberg (1400 — 1468), der Erfinder des Buchdrucks mit Metalllettern und der Druckerpresse.

Mit der Buchreihe **TREDITION CLASSICS** verfolgt tredition das Ziel, tausende Klassiker der Weltliteratur verschiedener Sprachen wieder als gedruckte Bücher aufzulegen – und das weltweit!

Die Buchreihe dient zur Bewahrung der Literatur und Förderung der Kultur. Sie trägt so dazu bei, dass viele tausend Werke nicht in Vergessenheit geraten.

Schweigen

Rudolf Lindau

Impressum

Autor: Rudolf Lindau
Umschlagkonzept: toepferschumann, Berlin

Verlag: tredition GmbH, Hamburg
ISBN: 978-3-8424-0898-2
Printed in Germany

Rudolf Lindau

Schweigen

Seul le silence est grand; tout le reste est faiblesse.
Alfred de Vigny

Als ich vor fünf Jahren in leidenschaftlicher Liebe für Susanne entbrannte, da warnte mich meine Mutter: »Du bist vierzig Jahre alt, sie ist achtzehn. – Nimm dich in acht!« – Ich schlug die Worte in den Wind. Ich fühlte mich nicht alt, und ich glaubte der Geliebten alles bieten zu können, wonach ihr junges Herz sich sehnen mochte: einen großen Namen, eine große gesellschaftliche Stellung, ein großes Vermögen und einen treuen und starken Gefährten, dessen erste Aufgabe es sein und bleiben würde, ihr die Pfade des Lebens zu ebnen.

Sie erschrak, als ich sie fragte, ob sie meine Frau werden wollte, sie wurde abwechselnd blaß und rot, und ihre Stimme zitterte, als sie mir antwortete: »Sollte mir, der Verwaisten, der Armen so großes Glück beschieden sein? Ich kann es nicht glauben.« – Die Lider, die sie zu Boden geschlagen hatte, hoben sich langsam, und die reinen blauen Augen strahlten mich an in Dankbarkeit und in Liebe – ja, in Liebe.

Da ergriff ich ihre Hand und zog sie an meine Brust, und sie vergoß Tränen des Glücks.

Nach unserer Vermählung machten wir eine lange Hochzeitsreise: drei Monate der Freude, des Genusses, des Besitzes, der Liebe und Hingebung. Ich empfand in ruhigen Stunden, daß das Schicksal mir zu viel auf einmal schenkte, und dann fühlte ich, wie mein Herz sich zusammenkrampfte in tödlicher Angst vor einem furchtbaren Wechsel; Susanne jedoch gab sich rückhaltslos dem Genuß des Schönen hin, das ihr das neue Leben bot. Sie trank es in vollen Zügen und war wie berauscht davon.

Zur festgesetzten Zeit kehrten wir nach der Hauptstadt zurück.

Ich bin ein erfahrener Mann. Meine Freunde nennen mich den »Weltweisen«. Ich sagte mir, daß der Taumel, in dem wir seit drei Monaten lebten, nicht immer, nicht einmal lange dauern könnte, und ich grübelte darüber nach, wie mein Glück am sichersten zu befestigen wäre. –

Der reißende Strom, durch wildes, großes, schönes Gebirgsland, dem unser gemeinsames Leben bisher glich, sollte zum ruhigen Fluß werden, der durch fruchtbare Ländereien, gelassen, breit, mächtig dahinzog – bis zur Mündung, dem Tode.

Ich mußte dankbare Beschäftigung für Susanne finden. Ich führte sie nach O., meinem Landsitz, ich gab ihr Anleitung zur Verbesserung einer Schule, zur Gründung eines Armenhauses. Die Unglücklichen sollten sie als ihre Wohltäterin segnen und preisen, sie sollte des Guten, das sie tat, froh und stolz werden. Ich übertrug ihr die Leitung eines großen Hausstandes, lehrte sie mit Geld umgehen. Sie ergriff alles mit schnellem Verständnis, mit jugendlichem Eifer, und diejenigen, die geschäftlich mit ihr zu tun hatten, lernten mit Achtung auf ihre Tätigkeit und Umsicht blicken. – Es gab kein besser gehaltenes Haus in der Stadt als das unsrige. Und nach des Tages Arbeit, der sie sich erfreute, schuf ich ihr frohe Abende: Gesellschaften, Bälle in und außer dem Hause, Theater und Musik, für die sie schwärmte. – Wo sie erschien, da war sie die Schönste, Gefeiertste, und ich freute mich ihrer Triumphe und war stolz darauf. Für mich war sie immer dieselbe: dankbar, liebevoll. Meine leidenschaftliche Liebe für sie ging in eine unbegrenzte Verehrung über, der ich mich nicht fähig gehalten hatte.

Das einzige, was mich betrübte, war, daß es Susanne nicht gelungen war, die Liebe meiner Mutter zu gewinnen. Diese, mit der ich bis zu meiner Verheiratung täglich zusammengetroffen war, erschien selten in unserem Hause, und bald nur noch, wenn wir sie besonders darum gebeten hatten. Wenn ich sie in ihrem Hause aufsuchte, so fand ich sie zurückhaltend, still und ernst. Ihre Liebe, in die ich mich früher mit meinem jüngeren Bruder Richard geteilt hatte, schien jetzt auf diesen allein übergegangen zu sein. – Richards

Beziehungen zu mir waren unverändert geblieben; Susanne zeigte er sich, gleich meiner Mutter, zurückhaltend und kalt. – Aber ich setzte mich über die Haltung meiner Mutter und meines Bruders hinweg. Ich kannte es als eine häufige Erscheinung, daß Mütter, auch ohne Grund, ihren Schwiegertöchtern mißtrauen und übelwollen, und daß Brüder bei solchen Gelegenheiten mehr geneigt sind, sich die Auffassung der Mutter als des Bruders anzueignen.

Nach zwei Jahren, als ich die Rechnung meines Glückes zog, fehlte eigentlich nur eins, um es voll zu machen: ein Kind. – Susanne war der heiligsten Aufgabe des Weibes, der Erfüllung der Mutterpflichten, enthoben, und dies war wohl der Grund ihrer nimmersatten Freude an rauschenden gesellschaftlichen Vergnügungen. Mich ermüdeten sie hier und da, und dann stieg auch der Wunsch in mir auf, den lauten Ballsaal mit dem ruhigen Heim vertauschen zu können; aber Klugheit gebot mir, Susanne jede erlaubte Zerstreuung zu gewähren, und ich hatte um so weniger Grund, auch nur anzudeuten, daß ich dies nicht aus vollem Herzen täte, daß ich ihre Freude am Vergnügen nicht ganz teilen könnte, als sie den ernsten Verpflichtungen, die ich ihr zu ihrem Wohle auferlegt hatte, ohne Ermüdung zu zeigen, gewissenhaft nachkam. – Trotzdem war ich angenehm überrascht, als sie mir, inmitten der »Saison«, den Wunsch aussprach, aufs Land zu gehen, um sich durch den Augenschein überzeugen zu können, ob die Maßregeln, die sie zum Schutze ihrer Armen während des strengen Winters schriftlich angeordnet hatte, verständig ausgeführt worden seien.

Ich ging freudig auf diesen Vorschlag ein, und wir reisten schon am nächsten Tag nach O. ab. – Wir blieben dort eine Woche. – Während dieser Zeit war Susanne von früh bis spät unterwegs, als habe sie keinen anderen Beruf als den, Hilfsbedürftige zu unterstützen. – Ich ging unterdessen auf die Jagd. – Am Abend, nach dem Essen, dem gewöhnlich auch der Pfarrer beiwohnte, der Susanne eine von Gott gesandte Wohltäterin der Menschheit nannte, saßen wir uns, nachdem unser Gast gegangen war, am Kamin gegenüber, in freundlich-ernstem Gespräch über die kleinen Ereignisse des Tages. –

Es war eine schöne, ruhige, würdige Zeit, die ich da mit Susanne verlebte.

Eines Abends kam es mir vor, als sei Susanne traurig. Sie saß am Kamin, das jugendliche Kinn leicht auf die schmalen, wie zum Gebet aneinander gelegten Hände gestützt und blickte sinnend in das helle Feuer. Der Ernst, der auf dem jungen Gesichte lagerte, hatte etwas Betrübendes, etwas, das mich beunruhigte. – War sie nicht glücklich, ganz glücklich, wie ich sie sehen wollte?

»Susanne«, sagte ich leise.

Sie fuhr erschreckt in die Höhe und sah mich fragend an: »Sprachst du mit mir?«

»Bist du traurig, mein Kind?«

»Traurig? Warum sollte ich traurig sein?«

»Du siehst so aus. Du hast dir während des ganzen Tages zu schaffen gemacht, du wirst dich ermüdet haben.«

»Ja, ich werde mich ermüdet haben«, wiederholte sie nachdenklich. Sie strich mit der Hand über die glatte Stirn. – »Ich habe Kopfschmerzen. – Nicht arg. – Ein klein wenig. Aber ich möchte doch lieber zu Bett gehen. Morgen wird alles wieder gut sein.«

Sie umarmte mich und stützte sich zutraulich auf meinen Arm, wie ich sie bis zur Tür geleitete. »Du Guter!« sagte sie, und sie küßte mich noch einmal.

Als ich allein war, nahm ich mir vor, am nächsten Tage mit Susanne nach der Stadt zurückzukehren. »Das einsame Leben mit mir bekommt ihr nicht«, sagte ich mir. Ich war darüber betrübt, aber ich nahm mir vor, dies Susanne nicht zu zeigen – und ich zürnte ihr nicht. Doch kam mir das Wort meiner Mutter ins Gedächtnis zurück: »Du bist vierzig Jahre alt, sie ist achtzehn. Nimm dich in acht!« – Sie war jetzt zwanzig Jahre alt und ich zweiundvierzig. – Ich fühlte mich nicht alt, aber ich empfand schmerzlich, daß Susanne, vielleicht unbewußt, berechtigte Ansprüche an das Leben stellte, die ich längst befriedigt hatte.

Am nächsten Morgen fand ich Susanne wieder wohl. »Nun«, sagte ich, »sind Schule und Armenhaus in guter Ordnung, bist du mit allem fertig, was du hier zu tun hattest?«

»Alles ist nun in guter Ordnung«, antwortete sie.

»Dann mache dich reisefertig: wir wollen nach der Stadt zurück-
kehren.«

»Es ist hier schön,« sagte sie, »und ich weiß, die Jagd bereitet dir
Freude. – Ich bleibe noch gern einige Tage hier, wenn du dir davon
Vergnügen versprichst.«

Es kam mir vor, als ob ihre Antwort, trotz der freundlichen Worte, keine freudige war, und ich entgegnete:

»Nein. Laß uns nur abreisen! Das Wetter ist rauh. Wir sind in der
Stadt besser aufgehoben als hier. Wir können später zurückkom-
men, wenn wir uns davon Vergnügen versprechen.«

»Wie du willst«, sagte sie kleinlaut.

Sie erschien mir zum erstenmal »undurchsichtig«. – Wollte sie
lieber bleiben oder gehen? Warum sagte sie es nicht geradeheraus?
Ihre Zurückhaltung bekümmerte mich. Auch während der kurzen
Eisenbahnfahrt war sie schweigsam und erschien mir nachdenklich.
Ich versuchte, mir einzureden, es seien die Folgen des Unwohlseins
vom vorigen Abend; – aber es gelang mir nicht. Ich war unruhig.

In der Stadt fand Susanne ihre frühere unbefangene Heiterkeit
ebenfalls nicht wieder, und da fiel mir nachträglich ein, daß ich sie
schon verschiedene Male während der letzten Wochen ernst, in sich
gekehrt gesehen hatte. – Was konnte ihre Gedanken in Anspruch
nehmen?

Unser Leben in der Stadt war so eingerichtet, daß ein jeder von
uns zweien während eines großen Teiles des Tages seiner eigenen
Wege ging. Dies war von mir so gewollt worden. Ich hatte mir gesagt, daß es bedenklich sein würde, Susanne von früh bis spät in
Anspruch zu nehmen. Sie sollte sich, wie ich es tat, jedesmal auf
unser Zusammentreffen freuen. – Zu Anfang hatten wir uns denn
immer viel zu erzählen gehabt: sie, von allem, was in der Wirtschaft
vorgefallen war, von den Einkäufen, die sie gemacht, von den Besuchen, die sie empfangen oder erwidert hatte; ich dagegen, was ich
im Klub, wo ich des Nachmittags einige Stunden zu verbringen
pflegte, gehört und gesehen hatte; aber wir aßen stets zusammen,
und Susanne ging in keine Gesellschaft, ohne daß ich sie begleitete.

Allmählich waren ihre Berichte spärlicher geworden; das konnte ich mir jedoch leicht erklären. Susanne mochte sich sagen, daß es mich nachgerade ermüden dürfte, diesen Diener loben, jenen tadeln zu hören, und daß es mir wahrscheinlich gleichgültig wäre, wie Frau v. X. und Frau v. Y. ausgesehen und was sie erzählt hätten. – Doch hörte Susanne stets aufmerksam zu, was ich ihr aus dem Klub zu berichten wußte: Jagdgeschichten, Begebenheiten aus der Sportwelt und am grünen Tisch, den letzten Skandal, kurz alles das, was in den Nachmittagsstunden von vier bis sechs, vor dem Kaminfeuer »des großen Salons«, als öffentliches Geheimnis, wennschon es doch in den meisten Fällen den Eingeweihten allein bekannt wurde, – die Runde durch die geschlossene Gesellschaft gemacht hatte.

Um diese Zeit wurde im Klub häufig von einem jungen Manne gesprochen oder vielmehr vertraulich geflüstert, da er selbst ein Mitglied des Klubs war. Er hieß Berkhoff und kam aus einer achtbaren Familie aus der Provinz, die, wie man allgemein wußte, in ganz bescheidenen Verhältnissen lebte. – Der Aufwand, den Herr Berkhoff bald nach seinem ersten Auftreten machte, wäre deshalb auch unerklärlich gewesen, wenn man nicht gewußt hätte, daß er ein verwegener und außerordentlich glücklicher Spieler sei. Die Gewinne, die man ihm nachrechnen zu können glaubte, beliefen sich auf eine Summe, die den Aufwand, den er machte, vollständig gerechtfertigt erscheinen ließ, sobald man, wie die meisten es taten, über den Ursprung seiner Einnahmen hinwegsehen wollte.

Herr Berkhoff lebte in einer reich eingerichteten Junggesellenwohnung, und dort versammelte sich seit Anfang des Winters häufig eine Anzahl jüngerer Mitglieder der Gesellschaft, um sich in gewissen beliebten Hasardspielen zu üben, die im Klub verboten waren. Bei diesen Gelegenheiten sollten zu verschiedenen Malen sehr große Summe verloren und gewonnen worden sein. Ganz feste Anhaltspunkte hatte man dafür jedoch nicht, denn die Mitglieder der auserwählten Gesellschaft schienen sich gegenseitig versprochen zu haben, die Ergebnisse ihrer Zusammenkünfte als Geheimnis zu behandeln. Immerhin hatte nicht alles verborgen bleiben können, wenn schon die Verlierenden über ihre Verluste niemals laut klagten, und die glücklichen Spieler sich ihrer Erfolge in keiner Weise rühmten. Aber es war vorgekommen, daß dieser oder jener der »Erschlagenen« sich in der Notlage befunden hatte, fremden

Beistand in Anspruch zu nehmen, um eine Spielschuld zu decken, und dabei war es nur selten ohne »eine Beichte« abgegangen. Namentlich ein sehr reicher Vater sollte in dieser Beziehung von seinem leichtsinnigen Herrn Sohn vollständig unterrichtet worden sein. Der Vater hatte dem Sohne geholfen, aber dessen Bitte um »strengste Diskretion« einfach verlacht und ziemlich unverhohlen zu allen, die es hören wollten, von einem »Tripot« gesprochen, in dem sein Sohn erbarmungslos gerupft worden sei.

Die Mitteilungen des alten Herrn waren durch andere, ähnliche, vervollständigt worden, und bald konnte jedermann im Klub alle diejenigen namhaft machen, die sich gelegentlich und geheimnisvoll bei Herrn Berkhoff zu »amüsieren« pflegten. Es waren meist junge Leute, und alle waren reich oder vorläufig noch imstande, sich Geld zu verschaffen. In dieser Beziehung konnte der gewählte Kreis sogar als sehr »exklusiv« bezeichnet werden.

Unter den Stammgästen des »Berkhoff-Klubs« – so hatte man die Gesellschaft getauft – befand sich mein junger Freund, Graf Günther von Roquefeuille, aus einer vornehmen und reichen Emigrantenfamilie. Es war ein hübscher, frischer Mensch, angenehm und fesselnd in der Unterhaltung und ein großer Liebling der guten Gesellschaft. Man traf ihn überall, wo seinesgleichen sich vergnügten: auf Bällen, Rennplätzen und am grünen Tisch. Ich war ein Freund seines kürzlich verstorbenen Vaters gewesen und hatte ihn selbst seit seiner frühesten Kindheit gekannt und mit der Zeit herzlich lieb gewonnen. Auch er zeigte sich mir, beinahe wie ein Sohn, zutraulich und liebevoll ergeben. Einigemal war ich sein Retter in der Not gewesen, denn wenn er so viel verloren hatte, daß er es seinem Vater nicht zu gestehen wagte, so kam er regelmäßig zu mir, und zwar nicht nur mit einer Erlaubnis, sondern infolge meiner Aufforderung, da ich ihn nicht in Wucherhände fallen lassen wollte. So war es gekommen, daß er mir mit der Zeit einen nicht unbedeutenden Betrag schuldig geworden war. Ich kümmerte mich nicht darum, und ich nahm an, daß meine Forderung die kleinste von Günthers Sorgen sei. Ich war deshalb einigermaßen überrascht, als er mir eines Tages die ganze Summe zurückbezahlte.

»Nun?« sagte ich. »Was bedeutet das? – Du hast keine Erbschaft gemacht – das müßte ich wissen. Wie kommst du plötzlich zu all' dem Gelde?«

»Das Glück hat sich endlich gewandt«, sagte er. »Ich habe in der letzten Zeit erheblich gewonnen.«

Ich blickte ihn ungläubig an, und er errötete leicht: »Wie lange hast du denn gebraucht, um dies kleine Vermögen zu gewinnen?«

»Ich habe es im Laufe des letzten Monats gewonnen.«

»So?« sagte ich. »Und bei wem, wenn ich fragen darf?«

»Wir haben uns gelobt, nicht von unseren Partien zu sprechen; aber sie sind ja schon längst kein Geheimnis mehr: bei Berkhoff.«

»Du wirst dich erinnern,« fuhr ich fort, »daß ich dir niemals quälende Vorstellungen gemacht habe, wenn du zu mir kamst und Geld von mir haben wolltest.«

»Du warst immer sehr gütig«, sagte er ganz leise.

»Heute möchte ich dir aber eine ernste Vorstellung machen. Meide die Gesellschaft, von der du soeben gesprochen hast! Es ist eine schlechte Gesellschaft. Du kannst dir dein ganzes Leben verderben, wenn du dich nicht rechtzeitig daraus zurückziehst. Willst du meinem Rat folgen?«

»Einigemal möchte ich noch bei Berkhoff spielen,« sagte er verlegen. »Es würde schlecht aussehen, wenn ich nach den großen Gewinnen, die ich kürzlich gemacht habe, plötzlich abbrechen wollte. Aber es ist meine Absicht, die Sache einschlafen zu lassen, und ich bin fest entschlossen, nicht wieder hoch zu spielen.«

Ich drang nicht weiter in ihn. »Komm nur recht oft zu uns«, sagte ich. »Wir wollen versuchen, dich zu zerstreuen.«

»Ich danke dir. Ich werde von deiner gütigen Erlaubnis Gebrauch machen.« Und wieder sprach er so leise, daß ich ihn kaum verstehen konnte.

Günther war während des Winters ein regelmäßiger Gast in unserem Hause gewesen. Es war gewissermaßen selbstverständlich, daß wir ihn zu allen größeren Gesellschaften und Bällen eingeladen hatten, aber er erschien auch von Zeit zu Zeit zum Frühstück, zu dem wir nur selten fremde Gäste baten, und einigemal hatte ich ihn, wenn ich vom Klub nach Hause kam, mit Susanne am Klavier gefunden. Er besaß nämlich eine hübsche Stimme, und Susanne war als Klavierspielerin eine Künstlerin zu nennen. – Es war mir stets eine Freude, die beiden zusammen zu sehen.

An dem Tage, an dem mir Günther seine Schuld zurückbezahlt hatte, erzählte ich dies Susanne, als ich zur gewöhnlichen Stunde vor dem Essen mit ihr zusammentraf.

Günther stand meinem Herzen sehr nahe, und ich freute mich seiner Siege. Ich bin kein Puritaner. Ich habe selbst oft und hoch gespielt, und es würde mir nicht zukommen, alles Spielen zu verdammen. Nur bin ich stets vorsichtig in der Wahl meiner Gegner gewesen. Das und nicht viel mehr hatte ich auch Günther empfehlen wollen, als ich ihm gesagt hatte, den sogenannten »Berkhoff-Klub« in Zukunft zu meiden.

Susanne hörte mir zu, ohne besondere Aufmerksamkeit zu bekunden. »Nun,« sagte ich, »nimmst du so wenig Anteil an Günthers Erfolgen?«

»Ich nehme wohl Anteil daran«, antwortete sie; »aber ich kann mich nicht darüber freuen. Ich bin in zu kleinen Verhältnissen aufgewachsen, als daß ich ein Spiel, bei dem Vermögen gewonnen und verloren werden, nicht sündhaft finden sollte.«

»Du hast ganz recht«, sagte ich darauf. »Ich selbst habe Günther Moral gepredigt, und er hat mir fest versprochen, das hohe Spiel aufzugeben.«

»Wenn er sein Versprechen nur hält«, bemerkte sie dazu. »Spielereide sind oft falsche Eide, habe ich gehört.«

Einige Tage darauf war im Klub wieder einmal die Rede von den hohen Partien, die bei Herrn Berkhoff gespielt wurden. Ein älterer, sehr vornehmer Herr, dessen Neffe, ein junger Offizier, kürzlich eine große Summe verloren hatte, die vom Onkel bezahlt worden war, äußerte sich mit großer Bitterkeit über den »Salon Berkhoff«. – »Das Eigentümliche ist,« sagte er, »daß der Wirt und einer seiner Freunde stets gewinnen und die anderen fast ebenso regelmäßig verlieren.«

»Manchmal gewinnen auch die anderen«, warf ich ein.

»Nicht von ihm, soviel ich weiß; und niemals bedeutende Summen, soweit ich unterrichtet bin.«

Darauf nahm ich den Redner, mit dem ich befreundet war, beiseite und erzählte ihm, Roquefeuille habe in der letzten Zeit ganz bedeutend bei Berkhoff gewonnen.

»Das wundert mich«, sagte der alte Herr.

Als bald darauf sein Neffe, der junge Offizier, dessen Spielschuld er vor einigen Tagen bezahlt hatte, erschien, bemerkte ich, daß Onkel und Neffe in eine Fensternische traten und sich dort eine Zeitlang unterhielten.

Gleich darauf kam der alte Herr wieder zu mir und sagte:

»Es ist genau so, wie ich gedacht hatte: Roquefeuille gehört zwar nicht zu den großen Verlierern, er mag sogar in den letzten Tagen eine Kleinigkeit gewonnen haben – aber von einem nennenswerten Gewinn ist nicht die Rede. Sie können sich darauf verlassen. Ich weiß es von meinem Neffen, der, zu seinem Schaden, während der letzten Wochen an jeder Partie teilgenommen hat, die bei Berkhoff gespielt worden ist.«

»Das ist sehr merkwürdig«, sagte ich.

»Ich würde das Gegenteil merkwürdig gefunden haben«, sagte der alte Herr.

Mein erster Gedanke war, Günther um Auskunft über den Widerspruch zwischen seiner Aussage und der seines Spielgenossen zu ersuchen; aber nach einiger Überlegung verzichtete ich darauf. Ich wollte meinem jungen Freunde das beschämende Bekenntnis ersparen, mir eine Unwahrheit gesagt zu haben. Weshalb er dies getan hatte, um die Abbezahlung seiner Schuld an mich zu erklären, weshalb er mich überhaupt bezahlt hatte, wenn er das nur unter Umständen tun konnte, die er verheimlichen wollte, war mir unklar; – aber es ging mich schließlich nichts an. Günther, den ich sehr lieb hatte, war nicht mein Sohn, nicht einmal ein Anverwandter von mir. Er hatte in mir stets einen väterlichen Freund gefunden, aber das berechtigte mich nicht, gegen seinen Willen väterliche Gewalt über ihn ausüben zu wollen. Ich zog in Erwägung, daß er mit mir brechen könnte, wenn ich – ihn einer Unwahrheit zeihend – Aufklärungen von ihm verlangte, die er mir augenscheinlich vorenthalten wollte. Ein Bruch mit Günther würde mich geschmerzt haben, und deshalb nahm ich mir vor, die ganze Angelegenheit auf sich beruhen zu lassen. Früher oder später, so meinte ich, würde ich schon erfahren, auch ohne besondere Nachforschungen anzustellen, auf welche Weise Roquefeuille zu dem Gelde gekommen war, und weshalb er mir daraus ein Geheimnis gemacht hatte. Aber ich sprach über die Angelegenheit mit Susanne. Es gehörte zu dem System, nach dem ich die junge Frau behandelte, ihr unbedingtes Vertrauen zu schenken. Ich wollte sie dadurch in ihren eigenen Augen erhöhen, sie reifer machen, ihr zeigen, daß ich in ihr in jeder Beziehung eine Genossin erblickte.

Sie hörte meinem Bericht wieder aufmerksam zu. Als ich geendet hatte, fragte sie nach längerem Nachdenken, ob ich mit Roquefeuille über diese eigentümlichen Enthüllungen sprechen würde. Ich erklärte ihr, aus welchen Gründen ich mich entschlossen hätte, die Sache auf sich beruhen zu lassen. Da lächelte sie und sagte: »Wie klug du bist! Man hat dich nicht umsonst den Weltweisen genannt. Ich könnte es nicht für mich behalten, wenn ich jemand bei einer Unwahrheit ertappt hätte. Ich müßte ihm sagen, daß er vergebens versucht habe, mich zu täuschen.«

»Du bist eben noch jung, mein Kind. Mit der Zeit wirst du so ruhig und nachsichtig werden, wie ich es bin.«

Sie schwieg wieder eine kleine Weile; dann sagte sie:

»Ich bin nun einmal, wie ich bin. Mich kränkt es, daß Günther dir eine Unwahrheit gesagt hat, und es wird mir schwer werden, ihn ferner so freundschaftlich zu empfangen wie bisher. Am liebsten säh' ich ihn gar nicht mehr.«

»Dann bitte ich dich, mir das Opfer zu bringen, es ihm nicht zu zeigen. Möglicherweise kann sich noch alles zu seinen Gunsten aufklären. Wir wollen den Zweifel dem Verdächtigen zugute kommen lassen.«

»Du bist weise und gut – zu gut!« Und sie streichelte mir liebkosend die Hand. Dann sprachen wir von etwas anderem.

Der Winter und das Frühjahr gingen ohne weitere erhebliche Zwischenfälle vorüber. – Es war mir im Klub zu Ohren gekommen, daß Günther aufgehört hatte, sich an den hohen Partien bei Berkhoff zu beteiligen. Diese waren überhaupt seltener geworden, seitdem einige der Hauptspieler sich schließlich genötigt gesehen hatten, sich von dem hohen Spiele zurückzuziehen. Seit einiger Zeit hörte ich gar nicht mehr davon reden; dagegen sprach man im Klub von den bedeutenden Schulden, die einige der Spieler gemacht hätten, um ihre Verluste ordnungsmäßig innerhalb der kurzen Frist, die der Gebrauch zur Regelung von Spielschulden vorschreibt, bezahlen zu können. Bei dieser Gelegenheit wurde auch Roquefeuille genannt, der in die Hände von Wucherern gefallen sein sollte.

In dem Wesen meines jungen Freundes war in den letzten Wochen eine auffallende Veränderung vorgegangen. Er war still, ernst, sorgenvoll geworden, und seine Gesundheit hatte gelitten. Ich nahm an, daß Geldsorgen ihn drückten, und hätte ihn gern davon befreit, aber damit hätte ich ihn zu einem Schuldbekenntnis gezwungen, und dazu konnte ich mich nicht entschließen. Außerdem sagte ich mir, daß Günther eines Tages sehr reich und es ihm dann leicht werden würde, seine Verhältnisse vollständig zu regeln: denn die Summe, die er nach den Aussagen Eingeweihter schulden sollte, war zwar bedeutend, aber doch nicht so hoch, als daß sie bei dem großen Vermögen, auf das er mit Sicherheit rechnen konnte, zu ernsten Bedenken Veranlassung gegeben hätte. Trotzdem wünschte ich, ihn aus den Wucherhänden, die ihn auspreßten, zu befreien, und eines Tages sprach ich darüber mit meinem Bruder.

Das Verhältnis zwischen diesem und mir war, was es zwischen Brüdern sein soll: wir hielten mit unverbrüchlicher Treue zueinander, jeder von uns zweien konnte sich unbedingt auf den anderen verlassen. Nach meiner Verheiratung sah ich weniger von Richard als früher, aber das hatte in meinen Gefühlen für ihn nichts geändert, und ich durfte ruhig annehmen, daß auch die seinen, in bezug auf mich, dieselben geblieben waren. Ich suchte ihn deshalb auf und sagte ihm in kurzen Worten, ich hätte erfahren, daß Günther in Geldnot sei, und wünschte, ihm zu helfen. Aus verschiedenen Gründen möchte ich aber dabei nicht in den Vordergrund treten und deshalb bäte ich Richard, die Sache in die Hand zu nehmen und mit meinem Gelde zu regeln. – Ich wollte fortfahren und auseinandersetzen, wie dies geschehen könnte, um Günther gegenüber meine Person ganz aus dem Spiele zu lassen, als mein Bruder, der ungeduldig zugehört hatte, mich heftig unterbrach:

»Ich will nichts mit Roquefeuille zu tun haben.«

Ich war sehr verwundert über das schroffe Auftreten meines im allgemeinen so ruhigen Bruders. Ich hatte auf sein bereitwilligstes Entgegenkommen gerechnet. – »Und weshalb willst du nichts mit Roquefeuille zu tun haben?« fragte ich besorgt. »Hat er dich beleidigt?«

»Der junge Mann mißfällt mir, sein ganzes Wesen ist mir zuwider.«

»Ich verstehe dich nicht. Du hattest ihn doch früher lieb!«

»Er mißfällt mir jetzt! Was soll ich dir mehr sagen? Ich mag ihn gar nicht mehr sehen.«

Die Sache war mir unerklärlich. Ich sah Richard fragend an: »Sag' mir, was du gegen ihn hast.«

Mein Bruder schüttelte unwillig den Kopf. »Ich habe dir nichts weiter zu sagen, als daß Roquefeuille mir mißfällt, daß ich nichts mehr mit ihm zu tun zu haben wünsche.«

»Ist das dein letztes Wort?«

»Ja, es ist mein letztes Wort.«

Wir schwiegen eine Weile, dann fuhr Richard sanft und brüderlich fort: »Wir beide wollen uns wegen eines Fremden nicht streiten! – Du weißt, man hat Zuneigungen und Abneigungen, ohne daß man immer klar Rechenschaft davon ablegen kann. – Roquefeuille ist mir antipathisch. Laß dir das genügen, und sprechen wir nicht mehr davon.«

Wir zankten uns auch nicht, aber ich entfernte mich mit unruhiger Traurigkeit im Herzen. Es war mir unerklärlich, weshalb sich mein Bruder gegen Günther so feindlich gesinnt zeigte. Und jetzt fiel mir auf, daß auch Susanne ihn schon seit geraumer Zeit nicht mehr so freundschaftlich unbefangen behandelte wie früher. Ich brachte dies mit den Bemerkungen in Verbindung, die sie gemacht, als ich ihr erzählt hatte, daß Günther mir die Unwahrheit gesagt habe. – Die Tugend ist streng in ihrem Urteil! – Daran wollte ich nichts ändern, aber um Susanne nicht noch mehr gegen meinen Freund zu erbittern, verschwieg ich ihr, wie unfreundlich Richard sich über ihn ausgesprochen hatte. Günther mochte aber fühlen, daß er aufgehört hatte, in demselben Maße wie früher Hausfreund bei uns zu sein, denn seine Besuche waren seltener geworden. Doch sah ich ihn noch häufig im Klub und in Gesellschaft und von Zeit zu Zeit auch bei uns. Die Sorge, seine Geldangelegenheiten zu regeln, hatte ich vorläufig zurückgeschoben. »Dazu wird im nächsten Winter noch Zeit sein«, sagte ich mir. Richards Weigerung, mir zugunsten Roquefeuilles behilflich zu sein, erschwerte es mir, mich um die Angelegenheit zu kümmern. Sehr wichtig war sie ja nicht.

Das Frühjahr nahte seinem Ende. Wir bereiteten uns darauf vor, nach O. zu gehen, wo wir, wie gewöhnlich, einen Teil des Sommers verbringen wollten. Am Vorabend unserer Abreise empfingen wir Günthers Besuch. Als er sich von uns verabschiedete, sagte ich ihm:

»Wir rechnen natürlich auch in diesem Jahre auf dich. Komm je eher je lieber und richte dich so ein, daß du längere Zeit bei uns bleiben kannst! Die Landluft und die Ruhe des Landlebens werden dir wohl tun. Du siehst angegriffen aus.«

»Oh, ich bin ganz wohl«, antwortete er; »aber ich nehme deine Einladung mit Dank an.«

Susanne hatte während Günthers Besuch kaum den Mund geöffnet. Ich machte ihr darüber einen leisen Vorwurf: »Weshalb warst du so unfreundlich gegen Roquefeuille?«

»War ich unfreundlich? Das weiß ich gar nicht.«

»Du hast kein Wort mit ihm gesprochen, hast ihn kaum angesehen. Gewiß zürnst du ihm noch wegen seines Benehmens in der Spielangelegenheit.«

»Ich zürne ihm nicht; aber offen gesagt er ist mir nicht mehr ganz sympathisch, seitdem ich erfahren habe, daß er versucht hat, dich zu täuschen.«

Ich freute mich über ihr stark entwickeltes Rechtsgefühl, aber um Günther zu verteidigen, sagte ich: »Wenn nicht schlimmere Täuschungen vorkämen als die, von der du sprichst, dann wäre die Welt besser, als sie ist.«

Im Laufe des Nachmittags nahm ich von meiner Mutter Abschied. Es fiel mir auf, daß sie sehr niedergeschlagen aussah. Sie sprach nur wenig. Beim Fortgehen umarmte sie mich, was gegen ihre Gewohnheit war. Im allgemeinen erschien sie auch ihren Kindern gegenüber kalt, und sie war durchaus nicht eine sogenannte zärtliche Mutter. Ich machte mir Gedanken darüber, weshalb sie wohl so traurig und gleichzeitig erregt erschienen sein mochte; aber ich fand keine Erklärung dafür.

Wir waren etwa seit drei Wochen in O., als mir Günther durch ein Telegramm seinen Besuch auf den nächsten Tag ankündigte. Es war mir lieb, daß er kam, denn unser Leben zu zweien war einsam, und ich bildete mir ein, Susanne langweile sich. – Sie hatte sich seit unserer Verheiratung sehr verändert: aus dem frischen Wesen, das an allem, was es sah und tat, Freude zu finden schien, war eine stille junge Frau geworden, auf deren Stirn sich schweres Nachdenken gelagert hatte. – Ich hatte vergebens versucht, eine Erklärung darüber von ihr zu erhalten. Übrigens war ihr Benehmen mir gegenüber tadellos: zuvorkommend, aufmerksam, jedem meiner Wünsche gefügig. Nur bemerkte ich einige Male, daß sie längeres ungestörtes Alleinsein mit mir zu vermeiden suchte. Sie war dabei taktvoll und vorsichtig, aber meiner eifersüchtigen Liebe, die noch dieselbe wie am Tage unserer Vermählung war, entging es nicht, und ich fühlte mich darüber sehr unglücklich. – Sollte sie schon aufgehört haben, mich zu lieben? – Der Gedanke peinigte mich unsagbar. Ich vergrub ihn in mein tiefstes Inneres. Hoffentlich hatte ich ihre Liebe noch nicht verloren, sicherlich wollte ich alles, was ich nur erdenken konnte, tun, um sie festzuhalten. – Ich überhäufte Susanne mit liebevollen Aufmerksamkeiten. Sie empfing sie dankend, gerührt sogar, schien es mir – aber nicht freudig.

Am Tage nach dem Empfang von Günthers Telegramm fuhr ich nach der Eisenbahn, um den willkommenen Gast abzuholen. Ich fand ihn weit frischer aussehend, als ich ihn in der Stadt verlassen hatte, und beglückwünschte ihn dazu.

»Ja, ich befinde mich jetzt auch wieder ganz wohl«, sagte er. »Ich hatte damals einige Sorgen, aber seitdem ist alles in Ordnung gekommen.«

»Das freut mich«, entgegnete ich darauf. – Da er nicht sagte, welcher Art seine Sorgen gewesen waren, so glaubte ich, mich einer Frage darüber enthalten zu müssen.

Die Begrüßung zwischen Günther und Susanne war artig – ohne jede Herzlichkeit.

Nach dem Essen machte ich im Park einen langen Spaziergang mit unserem Gaste. Susanne hatte gesagt, sie fühlte sich etwas müde und war im Hause geblieben. Aber sie erwartete uns, und wir nahmen den Tee zusammen ein. Sie war noch stiller als gewöhnlich, und ich bemerkte, daß Roquefeuille sie mit besorgter Aufmerksamkeit beobachtete. Als sie sich zurückgezogen hatte, fragte ich ihn:

»Findest du nicht auch, daß meine Frau etwas angegriffen aussieht?«

»Ja, es ist mir aufgefallen«, antwortete er. »Sie ist doch nicht krank?«

»Sie klagt über nichts; aber ich werde nächstens den Doktor um Rat fragen. Ihr Aussehen gefällt mir seit einiger Zeit gar nicht. Ich hatte gehofft, die Landluft würde sie stärken: das ist jedoch leider nicht der Fall gewesen. Vielleicht ist es hier zu warm für sie. Ich werde mit ihr überlegen, ob wir nicht eine Reise nach dem Norden unternehmen wollen.«

Roquefeuille machte dazu keine Bemerkung.

Am nächsten Morgen erhielt ich, als wir zu dreien beim Frühstück saßen, ein Telegramm von Richard, das mich angenehm überraschte: »Ich komme heute abend mit dem Halbsiebenuhrzuge.«

»Neue Gesellschaft!« sagte ich und reichte Susanne das Telegramm.

Sie las es, ohne eine Miene zu verziehen, aber sie sagte freundlich: »Ich freue mich, daß du so gute Gesellschaft bekommst. – Ich werde gleich nach dem Frühstück danach sehen, daß Richards Zimmer für ihn bereit gemacht wird. – Hoffentlich bleibt er recht lange bei uns.«

»Er bindet sich nicht gern; aber ich denke doch, daß wir ihn diesmal einige Wochen zurückhalten werden. – Es ist jetzt so ungleich schöner auf dem Lande als in der Stadt.«

Nach dem Frühstück verließ uns Susanne, und bald darauf entfernte sich auch Günther. Er sagte, er hätte Briefe zu schreiben. Ich blieb noch einige Zeit allein sitzen, dann begab ich mich zum Inspektor, mit dem ich einige Wirtschaftsangelegenheiten zu besprechen hatte. Sie beschäftigten mich länger, als ich erwartet hatte, und als ich wieder im Schloß war, fand ich, daß ich gerade noch Zeit genug hatte, anspannen zu lassen und abzufahren, um Richard an der Bahn begrüßen zu können. Vorher trat ich noch schnell in Günthers Stube, die auf demselben Flur wie die meinige gelegen war. – Ich fand ihn im Zimmer auf- und abgehend.

»Willst du mit mir nach der Bahn fahren?« fragte ich ihn.

»Danke vielmals! Ich bin mit meinen Briefen noch nicht fertig geworden.«

»Da hast du ja eine sehr umfangreiche Korrespondenz.«

»Das ist nicht so schlimm. Ich habe die beste Zeit verschlafen. Ich fand es sehr heiß.«

»Auf Wiedersehen in zwei Stunden. Wir essen heute gegen acht, um Richard Zeit zu geben, sich in aller Ruhe den Eisenbahnstaub abzuwaschen.«

»Sehr wohl! Um acht Uhr also.«

Richards Aussehen war auffallend, als er aus dem Zuge stieg und mir langsam entgegenkam. Er sah tief ernst aus.

Wir schüttelten uns die Hände.

»Es ist doch nichts Unangenehmes vorgefallen?« fragte ich besorgt.

»Nicht, daß ich wüßte.«

»Aber was macht dich denn so ernst?«

»Ich bin ja nun einmal ein ›schwerer‹ Mensch. Daran hättest du dich nach langer Bekanntschaft mit mir wohl gewöhnen können.«

»Dein Aussehen kam mir eigentümlich vor«, sagte ich.

»Es war sehr warm im Wagen. Ich habe etwas Kopfschmerzen bekommen und bin müde. – Das ist alles!«

»Nun dann komm! Du kannst dich vor dem Essen noch eine halbe Stunde ausruhen und wirst dich später hoffentlich wieder wohl fühlen.«

»Habt Ihr Besuch?«

»Nur Günther.«

»Wann ist er angekommen?«

»Gestern.«

»Wie lange bleibt er bei euch?«

»Ich habe ihn noch nicht gefragt. Hoffentlich einige Zeit ... Und du?«

»Ich komme diesmal nur auf ganz kurzen Besuch. Ich werde morgen früh wieder abreisen müssen. Ich wollte dir nur einmal die Hand drücken. – Hoffentlich kann ich bald wiederkommen. Dann bleibe ich längere Zeit.«

»Weshalb mußt du uns diesmal so schnell verlassen?«

»Wegen eines Geschäftes, das vornehmlich andere Leute angeht, und von dem ich heute nicht sprechen möchte. Aber du sollst später alles erfahren.«

Ich drang nicht weiter in ihn.

In der geraden Parkallee, die zum Schloß führt, erblickte ich jetzt Susanne und Günther, die uns entgegenkamen. Susanne war ohne Hut. Die schrägen Strahlen der schon niedrig am Himmel stehenden Sonne warfen einen langen Schatten vor ihre mädchenhafte Gestalt und vergoldeten ihr wunderbares Haar. Ihr Madonnengesicht schien wie von einem Heiligenschein verklärt.

»Sieh nur,« sagte ich mit Stolz zu Richard, »wie schön Susanne heute wieder aussieht.«

»Ja, in der Tat, sehr schön.«

»Gleich einer Heiligen schwebt sie daher.«

»Gleich einer Heiligen,« wiederholte Richard leise – und es war etwas in seinem Tone, das mir mißfiel.

Der Wagen machte vor den beiden Halt. Richard begrüßte sie artig, aber er reichte keinem die Hand. In dem Augenblick fiel es mir nicht auf. Ich erinnerte mich dessen erst später.

Als ich Richard auf das Zimmer geführt hatte, das er gewöhnlich in O. bewohnte, fragte er mich, auf eine Durchgangstür zeigend: »Ist das Zimmer nebenan bewohnt?«

»Ich habe es an Günther gegeben«, antwortete ich; »aber wenn du keinen Nachbar zu haben wünschst, so ist es ein Leichtes, ihn wo anders unterzubringen.«

»Die Nachbarschaft stört mich nicht.«

»Übrigens«, fügte ich hinzu, »brauchst du nur den Türschlüssel zu drehen, um sicher vor jeder Störung zu sein.«

Das Mittagsmahl verlief still. Richards ernstes Gesicht wurde nicht freundlicher, Roquefeuille erschien befangen, was ich mir durch Richards abschreckenden Ernst erklärte. Susannens Schweigsamkeit hatte für mich nichts Auffallendes mehr.

Nach dem Essen blieben wir noch eine Weile im Wohnzimmer versammelt, wo der Kaffee eingenommen wurde, später machten wir zu vieren eine Promenade im Park, wobei Richard und ich den uns in geringer Entfernung Voranschreitenden – Susanne und Günther – folgten. Das Gespräch zwischen den beiden war nicht lebhaft, und sie sprachen zu leise, als daß ich hätte verstehen können, was sie sagten. Übrigens kümmerte ich mich nicht darum. Auch Richard war einsilbig; aber nach dem, was er mir auf meine erste Anfrage über seine Verstimmung geantwortet hatte, mochte ich nicht weiter um Aufklärung darüber drängen.

Bald nachdem wir von dem Spaziergang zurückgekehrt waren, trennten wir uns. Susanne sagte, sie fühlte sich müde, und zog sich zurück, ohne wieder in das Wohnzimmer getreten zu sein. Richard, Günther und ich blieben noch eine Weile beisammen.

»Welches ist der beste Zug, um morgen vormittag nach der Stadt zurückzukehren?« fragte Richard.

»Wenn du uns wirklich schon morgen vormittag wieder verlassen willst,« antwortete ich, »so hast du eigentlich nur einen guten Zug – den um acht Uhr. Dann müßtest du aber schon um halb sieben Uhr von hier fortfahren. Hoffentlich ist dir das zu früh.«

»Nein, das paßt mir ganz gut«, sagte Richard. »Ich wußte nicht, daß ich schon so früh wieder aufbrechen müßte, sonst hätte ich mich vorhin von deiner Frau verabschiedet. – Entschuldige mich bei ihr!«

Ich nickte.

»Und sehe ich dich noch?« fuhr Richard fort.

»Ich bringe dich zur Bahn«, entgegnete ich. »Auf dem Lande gilt halb sieben Uhr kaum für eine frühe Stunde.«

Darauf trennten wir uns alle.

Ich fühlte mich von unerklärlicher Traurigkeit ergriffen. Es war nichts Besonderes vorgefallen, was mich hätte betrüben können; aber der finstere Ernst Richards, Günthers Befangenheit und Susannens nachdenkliche Schweigsamkeit hatten ansteckend auf mich gewirkt. Lange Zeit konnte ich keine Ruhe finden, und der Schlaf, der endlich schleichend über mich kam, war nicht erquickend – von wüsten Träumen gestört.

Am nächsten Morgen, auf dem Wege von O. nach der Bahn erschien Richard freundlicher als am vorhergehenden Abend. Auffallend war es mir, daß er mich beim Abschied umarmte. »Auf Wiedersehen, mein alter Bruder,« sagte er. – Zärtlichkeit war sonst gar nicht seine Art. Ich erinnerte mich nicht, daß wir uns je so feierlich getrennt hätten.

»Wir sehen uns doch bald wieder?« fragte ich, ohne eine gewisse Unruhe verbergen zu können.

»Ja, richtig«, antwortete er. »Ich war eben zerstreut. – Natürlich treffen wir uns bald wieder. – Auf Wiedersehen!«

Mir genügte diese Erklärung jedoch nicht. Etwas Gezwungenes war in Richards Wesen. Auch daß er sich, als der Zug abging, aus dem Wagen lehnte und mir Abschied zuwinkte, war nicht seine gewöhnliche Art. – »Was mag er nur im Kopfe haben?« fragte ich mich. Aber ich fand keine Antwort.

Als ich um halb zehn Uhr wieder zu Hause war, herrschte dort noch tiefe Ruhe. Weder Susanne noch Roquefeuille hatten ihre Zimmer verlassen. – Ich suchte Susanne auf. – Sie lag noch im Bett und klagte über Kopfschmerzen. Als ich sie fragte, ob ich den Doktor rufen lassen sollte, bat sie mich, mir wegen ihres Befindens keine Sorge zu machen. Sie fühle sich schon wieder besser als vor einer Stunde und werde sicherlich zum Frühstück hinunterkommen können. – Darauf erzählte ich ihr, Richard sei gezwungen gewesen abzureisen, ohne sich von ihr verabschieden zu können.

»Er hat uns schon wieder verlassen?« sagte sie. »Das tut mir deinetwegen leid. – Das war ja ein ungewöhnlich kurzer Besuch. – Hoffentlich hat ihn keine unangenehme Überraschung von hier abgerufen?«

»Er sagte mir gestern schon, er müsse heute wieder abreisen – wegen einer Angelegenheit, die andere Leute anginge. Er war offenbar nicht geneigt, mir mehr zu sagen, und ich habe nicht versucht, ihn auszuforschen. Übrigens hat er mir versprochen, in wenigen Tagen wieder hier zu sein.«

Von Susanne ging ich zu Günther. Den fand ich am Schreibtisch sitzend.

»Du bist ja ein sehr fleißiger Briefschreiber geworden«, sagte ich lächelnd. »Gestern hast du den ganzen Nachmittag mit Schreiben verbracht, und heute setzt du die Arbeit in aller Frühe fort.«

»Alte Briefschulden, die ich bezahle«, antwortete er. »Dazu hat man auf dem Lande mehr Zeit als in der Stadt.«

Sein Gesicht paßte nicht zu den unbefangenen Worten. Er sah verstört aus, blaß, sorgenvoll, wie ich ihn nie zuvor gesehen hatte.

»Bist du nicht wohl?« fragte ich.

»Ich habe schlecht geschlafen«, antwortete er. – »Richard ist wohl abgereist?« fuhr er fort.

»Ich habe ihn soeben zur Bahn gebracht. – Habt ihr euch nicht voneinander verabschiedet?«

»Gestern abend schon – ehe wir uns vor seiner Tür trennten.«

Ich ließ Günther wieder allein, um ihn nicht bei seiner Beschäftigung zu stören, und versuchte, mich zu zerstreuen, indem ich den Inspektor aufsuchte, von dem ich mir über einige Wirtschaftsfragen Auskunft geben lassen wollte. Aber ich verstand kaum, was er mir sagte. Mein Herz war voll der Traurigkeit Susannens, Richards und Günthers, der drei Personen, die mir neben meiner Mutter am nächsten standen.

Während des Frühstücks gaben sich Susanne und Roquefeuille ersichtlich Mühe, unbefangen und heiter zu erscheinen; – aber es wollte ihnen nicht gelingen.

Nach der unerquicklichen Mahlzeit stieg ich zu Pferde, um einem meiner Pächter einen Besuch zu machen. Auf dem Rückwege begegnete ich einem Gutsnachbarn, der mich so herzlich aufforderte, mich bei ihm zu erfrischen, – der Tag war heiß –, daß ich seine Einladung annahm. Er hatte mir eine große Fabrikanlage zu zeigen, die soeben vollendet war, und für die ich mich interessierte, da ich schon seit geraumer Zeit mit dem Gedanken umging, etwas Ähnliches zu schaffen. Darüber verging mehr Zeit, als ich geglaubt hatte, und als ich wieder zu Pferde stieg, um nach O. zurückzukehren, sah ich, daß ich mich beeilen müsse, um rechtzeitig zum Essen zu Hause einzutreffen. – Dort erwartete mich eine Überraschung: der Diener überreichte mir einen Brief Günthers, in dem ich, nachdem ich ihn geöffnet hatte, ein Telegramm fand. Der Brief lautete:

»Soeben erhalte ich das einliegende Telegramm. Ich vermute, es betrifft einen Ehrenhandel. Ich muß sofort abreisen, um womöglich den Schnellzug noch zu erreichen. Der Absender, den Du nicht kennst, ist ein Korpsbruder von mir. –

In Eile.

G. R.«

Ich las das Telegramm: »Ich bedarf Deines Beistandes in einer wichtigen Sache. Komme sofort! Du triffst mich im Klub. Max.«

Ein junger Mann, der sich schlagen will und einen Freund bittet, ihm dabei gefällig zu sein – ist nichts Außergewöhnliches. Ich ging zunächst auf mein Zimmer, um mich umzukleiden, denn der scharfe Ritt hatte mich erhitzt, und suchte sodann Susannen auf. Ich fand sie im Wohnzimmer – auf mich wartend.

»Du hast Günther noch gesehen?«

»Natürlich.«

»Hat er dir etwas gesagt?«

»Wohl nicht mehr, als in dem Briefe steht, den er dir noch in Hast schrieb. Er vermutet, daß ein Freund von ihm verlangt, er solle sein Sekundant sein. Er bedauerte sehr, sich nicht von dir verabschieden zu können, aber er sagte, er müsse der dringenden Aufforderung, die sein Freund an ihn stelle, gehorchen; du würdest ihn sicherlich entschuldigen.«

»Hat er dir anvertraut, wer ›Max‹ ist?«

»Ein Korpsbruder Günthers. Seinen Namen nannte er nicht, und ich habe nicht danach gefragt.«

Susanne saß mit dem Rücken gegen das Licht. Ihr Gesicht konnte ich nicht sehen. Ihre Stimme war ruhig.

»Wie fühlst du dich?« fuhr ich fort. »Sind die Kopfschmerzen vorüber?«

»Noch nicht ganz. – Du darfst mir nicht böse sein, wenn ich nicht viel spreche und früh zu Bett gehe.«

»Wie sollte ich dir böse sein, mein armes Kind! Ich bedaure dich und wünsche nur, daß du bald wieder ganz wohl sein möchtest. – Wäre es nicht besser, ich ließe Doktor Hertel rufen?«

»Nein, bitte, tu das nicht! Es würde wirklich nicht der Mühe verlohnen. Wenn ich eine ruhige Nacht habe, werde ich morgen wieder ganz wohl sein.«

Darauf vergingen mehrere Tage. Susanne sah noch immer leidend aus und gestattete mir endlich, den Doktor zu rufen. Dieser unterhielt sich geraume Zeit mit ihr und brachte mir schließlich den beruhigenden Bescheid, daß ihr nichts Bedenkliches fehle. Sie sei etwas nervös, angegriffen – von der Hitze wahrscheinlich. Er empfehle, sie an die See zu bringen; aber sie würde sicherlich auch in O. genesen, sobald sich das Wetter etwas abgekühlt hätte.

Ich schlug Susannen darauf vor, an das Meer zu gehen. Sie sagte: »Laß uns noch einige Tage warten. Ich kann nirgend besser aufgehoben sein als hier. Sollte sich aber mein Zustand nicht bessern, so bin ich gern bereit zu versuchen, ob mir ein Luftwechsel wohltut.«

Nachdem eine Woche dahingegangen war, fing ich an, mich darüber zu beunruhigen, daß Richard nichts von sich hören ließ, und schon hatte ich die Absicht, ihm zu schreiben, als mir durch einen Eilboten ein Brief von ihm überbracht wurde. – Susanne saß mir gegenüber, als ich ihn empfing. – Ich öffnete ihn schnell. – Er enthielt nur wenige Zeilen:

»Da die Sache nicht geheim gehalten werden kann, denn sie dürfte morgen in allen Zeitungen stehen, so teile ich Dir mit, daß ich genötigt gewesen bin, mich mit Günther Roquefeuille zu schießen, und daß er in dem Zweikampf gefallen ist. Alle Einzelheiten erfährst Du später. – Aber ich habe sogleich eine dringende Bitte an Dich: Bleib vorläufig in O.! – Tu es mir zuliebe! Ich bitte Dich inständigst darum. R.«

Ich war entsetzt. »Allmächtiger Gott!« brachte ich hervor.

»Was ist geschehen? Um Gottes willen, was ist geschehen?« rief Susanne.

Sie ergriff den Brief, den ich noch in der Hand hielt.

Ich ließ sie gewähren. Ich hatte selbst alle Fassung verloren. Sie durchflog den Inhalt des kurzen Schreibens. Es entfiel ihren Händen, sie sank langsam zurück, schloß die Augen und wurde ohnmächtig.

Ich trug sie auf ihr Zimmer und rief die Kammerjungfer, mit deren Hilfe es mir nach einiger Zeit gelang, Susannen wieder zu sich zu bringen. Sie blickte verwirrt um sich, aber sie war bei Besinnung. Ich sandte sofort zum Arzt und blieb dann neben dem Bett sitzen, auf dem Susanne totenbleich, die Augen geschlossen, einer Sterbenden gleich, lag. Bitter warf ich mir vor, ihr den Brief überlassen, ohne sie auf die Nachricht, die er enthielt, vorbereitet zu haben. Sie war schrecklich genug, um stärkere Nerven als die Susannens zu erschüttern. Mich selbst hatte sie aufs tiefste ergriffen. – Jetzt schlug Susanne die Augen wieder auf.

»Beruhige dich,« sagte ich zärtlich.

Sie machte eine Bewegung, als wolle sie mir die Hand reichen – aber dann zog sie den halb ausgestreckten Arm wieder zurück und sagte flehend: »Sieh mich nicht so ängstlich, so mitleidig an; ich kann es nicht ertragen. – Zürne mir nicht wegen meiner Schwäche! – Willst du ganz gut sein?«

»Wie sollte ich dir zürnen? Was wünschst du von mir? Sprich!«

»Laß mich allein.«

Ich erhob mich sogleich – aber ich fühlte mich schmerzlich verletzt. Sie bemerkte es, trotz ihrer Schwäche.

»Zürne mir nicht, Lieber! Sei gut!«

Ich schlich auf den Fußspitzen aus dem Zimmer. Dann setzte ich, wie im Fieber, ein Telegramm an Richard auf. Ich sagte darin, ich fügte mich seinem Wunsche, aber ich bäte ihn dringend um sofortige Aufklärung. – Noch im Laufe der Nacht erhielt ich Antwort: »Du erhältst vollständige Aufklärung, aber es ist unmöglich, sie kurz zu fassen. Gedulde Dich bis übermorgen! Bleibe in O.!«

Der Arzt, der Susanne gesehen hatte, beruhigte mich über deren Zustand. Meine Frau sei augenblicklich infolge einer starken nervösen Aufregung sehr schwach; – aber das würde bald vorübergehen. Sie wünschte, allein zu sein. Das sei bei ihrem Zustande leicht zu erklären. Man solle ihr ihren Willen lassen, sie nicht durch Widerspruch unnütz reizen und aufregen. Er habe ihr übrigens beruhigende Mittel verschrieben, und sie würde zweifelsohne in kurzer Zeit und für mehrere Stunden fest einschlafen. Das würde ihr wohltun. Wenn es zu meiner Beruhigung dienen könnte, so sei er bereit, während der Nacht in ihrer Nähe zu bleiben. – Ich bat ihn darum.

Nach zwei Stunden kam er wieder in mein Zimmer und berichtete, meine Frau schlafe. Wenn ich sie jetzt sehen wollte, so sei das unbedenklich. Ich trat leise mit ihm in Susannens Schlafzimmer, in dem mildes Halbdunkel herrschte. – Wie wunderbar schön sie war: das bleiche, feine Gesicht, mit den tief eingesunkenen, geschlossenen Augen, von aufgelöstem, blondem Haare umrahmt. Ihr Mund war leicht geöffnet und ließ die Spitzen der dichten, weißen Zahnreihen sehen. – Sie atmete kurz und unregelmäßig. Ich blieb lange am Fuße des Bettes stehen, in ihren Anblick versunken. Unendliche Liebe füllte mein Herz. – Wenn sie stürbe!

Der Arzt berührte mich leise und winkte mir, das Zimmer wieder zu verlassen. Ich folgte ihm willenlos.

An Ruhe konnte ich nicht denken. Einen großen Teil der Nacht verbrachte ich im Parke umherirrend, aber immer zog es mich von dort wieder nach der Tür, hinter der Susanne ruhte. Ich legte mein Ohr daran und lauschte. Kein Laut ließ sich vernehmen.

Der Bericht, den ich am nächsten Morgen vom Arzte empfing, war beruhigend und schloß mit der Weisung, die Kranke ungestört allein zu lassen. Es wurde mir schwer zu gehorchen – aber ich gehorchte. Und so, in schweren Sorgen um Susannen, in tiefem Kummer um den Tod Günthers, in Bekümmernis um das Los meines Bruders verging der lange Tag und die nächste lange Nacht.

Am anderen Morgen traf Richards Brief ein: ein umfangreiches Schriftstück. – Richard erzählte darin mit vielen genauen Einzelheiten, Roquefeuille habe ihn im Klub, wo beide am folgenden Tage, nachdem sie O. verlassen hatten, zusammengetroffen waren, absichtlich so gereizt, daß er ihm schließlich beleidigenden Bescheid gegeben habe. – Darauf habe Roquefeuille ihn fordern lassen. – Die Verhandlungen der Zeugen hatten jedoch zu keinem Ergebnis geführt, weil Roquefeuille auf so scharfe Bedingungen bestanden, daß dessen eigener Sekundant verweigert hätte, sie zu vertreten; doch war er bereit gewesen, sie Richards Sekundanten »zur Unterrichtung« mitzuteilen. Auch dieser hätte erklärt, daß Roquefeuilles Bedingungen in keinem zu rechtfertigenden Verhältnis zur Veranlassung des Duells ständen, und daß er es nicht mit seinem Gewissen vereinbaren könnte, darauf einzugehen. – Roquefeuilles weitere Bemühungen, einen seinen Wünschen gefügigen Zeugen zu finden, waren vergeblich gewesen. Alle, an die er sich gewandt hatte, waren der Ansicht gewesen, der Vorfall im Klub würde am besten durch gegenseitige Erklärungen der beiden Beteiligten auszugleichen sein, im äußersten Falle könnten sie nur über einen Zweikampf unter den gewöhnlichen leichten Bedingungen verhandeln. – Darauf war Roquefeuille auf seinen ersten Freund zurückgekommen und hatte durch diesen anfragen lassen, ob Richard seine Zustimmung dazu geben wollte, daß der Ehrenhandel auf belgischem Boden ausgefochten werde. Dort habe Roquefeuille einen nahen Verwandten in der Armee, der ihm sicherlich zur Seite stehen und wohl auch in der Lage sein würde, einen seiner Kameraden zu veranlassen, Richard zu sekundieren.

»Mein Zeuge«, fuhr Richard in seinem Briefe wörtlich fort, »sagte mir, ›ich teile Ihnen dies nur zur Kenntnisnahme mit und füge hinzu, daß Sie durchaus nicht verpflichtet sind, dem eigentümlichen Ansinnen Ihres Gegners zu willfahren. Sie stehen vollständig gerechtfertigt da, nachdem Sie sich bereit erklärt haben, Herrn von Roquefeuille jede vernünftige Genugtuung zu geben. Der Umstand, daß er hier für seine Forderung nirgends Unterstützung gefunden hat, zeigt zur Genüge, daß sie in sachverständigen Kreisen allgemein für unvernünftig betrachtet wird. Eine solche dürfen Sie ignorieren.‹ Ich war aber nicht geneigt, dies zu tun. ›Graf Roquefeuille muß am besten wissen, was zur Wiederherstellung seiner verletzten

Ehre nötig ist‹, sagte ich. ›Lassen Sie ihn also wissen, ich wäre mit seinen Vorschlagen einverstanden.‹

Mein Freund entfernte sich, um meinen Auftrag auszuführen. Sechsunddreißig Stunden später erhielt ich ein mir allein verständliches Telegramm, durch das ein Rittmeister von N. mir Rendezvous auf einem kleinen belgischen Bahnhofe in der Nähe der Grenze gab. – Ich reiste unverzüglich dahin ab und traf am bestimmten Orte mit Herrn von N. zusammen, in dem ich einen sachverständigen, ernsten Mann kennen lernte. Er war von allem, was er zu wissen für nötig hielt, unterrichtet. Unter welchen Umständen Roquefeuille und ich in Streit geraten waren, schien ihn wenig zu kümmern, er rechnete einfach mit der Tatsache, daß Roquefeuille sich durch mich schwer beleidigt fühlte, und daß ich bereit war, ihm dafür die verlangte Genugtuung zu geben. – Darauf ging er über alle Formalitäten schnell hinweg und erhielt meine Zustimmung zu den vom Zeugen meines Gegners mitgeteilten Bedingungen, unter denen der Zweikampf vor sich gehen sollte. –

Er fand am nächsten Morgen, kurz nach Sonnenaufgang, in einem kleinen Gehölz, in Gegenwart der beiden Zeugen, eines Unparteiischen und zweier Militärärzte statt. – Alle Vorbereitungen gingen schnell und ordnungsmäßig vor sich. – Im letzten Augenblick machte der Unparteiische noch einmal den vorgeschriebenen Versöhnungsversuch, und nachdem dieser abgelehnt war, wurden Roquefeuille und ich einander gegenübergestellt, des Kommandos gewärtig. – Es ertönte nach wenigen Sekunden. – Wir feuerten gleichzeitig. Ich hörte Roquefeuilles Kugel an meinem Ohre vorbeipfeifen, und in demselben Augenblicke sah ich ihn zusammenbrechen.

Ich blieb auf meinem Platze stehen. Ich hatte keine Veranlassung, Teilnahme an dem Schicksale eines Mannes zu zeigen, der noch vor einer halben Minute die Absicht gehabt, mich zu töten, wennschon ich ihm nie etwas Böses zugefügt hatte. Die anderen Anwesenden liefen auf den Gefallenen zu und umringten ihn. Eine Minute etwa war alles still. Dann wandte sich der Unparteiische zu mir und winkte mir. Ich hatte nur zehn Schritte zu machen und stand vor dem Sterbenden. Meine Kugel hatte ihn ins Herz getroffen. Sein Auge war gebrochen, und nach einer weiteren Minute war er tot.

Der Unparteiische sagte: ›Ich stelle fest, daß alle Regeln des Duells auf das strengste beobachtet worden sind.‹ – ›Alle Regeln sind auf das strengste beobachtet worden,‹ wiederholten die beiden Zeugen. – Dann zog mich der Rittmeister von N. beiseite. ›Die Herren werden nach allem sehen, was geschehen muß‹ sagte er. ›Es ist besser, daß Sie sich entfernen.‹ – Darauf verabschiedete ich mich von den zurückbleibenden vier Herren und begab mich, von N. begleitet, zur Bahn. – Ein Lokalzug, der bald darauf ankam, brachte mich in einer halben Stunde über die Grenze.

Am nächstfolgenden Morgen, das heißt gestern, war ich wieder in meiner Wohnung, wo ich nun die Folgen des Vorfalles in Belgien abwarten will. Ich bin nicht Jurist genug, um zu wissen, was mir bevorsteht, ob ich für den Ausgang eines Duells, das auf fremdem Boden stattgefunden hat, vor den hiesigen Gerichten verantwortlich gemacht werden kann. – Das werde ich nun alles bald erfahren. Meine sofortige Verhaftung ist kaum zu befürchten, da ausgeschlossen ist, daß ich versuchen werde, mich den Folgen meiner Tat durch die Flucht zu entziehen. Ich werde vorläufig hier bleiben, um abzuwarten, was mit mir geschehen wird, namentlich aber auch, um etwaigem unverdienten Tadel über meine Haltung in der Sache entgegentreten zu können. Dies ist auch der Grund, weshalb ich Dich gebeten habe und wiederholt dringend bitte, in O. zu bleiben. Du kannst mir hier gar nichts nützen, und ich möchte vermeiden, daß Dein Name in irgendwelchen Zusammenhange mit dem Duell gebracht werde. Sobald es ruhig geworden ist, suche ich Dich auf oder bitte Dich, hierher zu kommen.«

Nicht ein Wort des Bedauerns über den Tod des armen Günther, nicht ein Wort der Entschuldigung der blutigen Tat! Ein trockener Bericht, wie ihn ein Polizeibeamter abgefaßt haben würde. – Ich war entrüstet, aber ich fügte mich Richards Wunsche, vorläufig in O. zu bleiben, und zwar um so bereitwilliger, als es mir sehr schwer geworden sein würde, die leidende Susanne zu verlassen.

Mit der Genesung der Kranken ging es langsam vorwärts. erst nach vier Tagen durfte ich ihr Zimmer wieder betreten. Ich war erschrocken über die Veränderung, die in der kurzen Zeit mit ihr vorgegangen war. Sie empfing mich mit einem unendlich traurigen, müden Lächeln und sagte: »Wie schwach du mich finden mußt! Sei nicht böse mit mir!«

Ich war tief gerührt, und sie las dies wohl in meinen Augen. Sie sagte leise weinend: »Du bist gut! Ich werde dir bis zum Tode dankbar dafür sein.«

Am folgenden Tage schrieb ich einen kurzen Brief an Richard. Es war der erste unfreundliche Brief, den er in seinem Leben von mir erhalten hatte. – Er ließ ihn unbeantwortet. – Darauf war ich vorbereitet gewesen, aber es vergrößerte meine Erbitterung gegen ihn. – Ich wollte es nicht als Entschuldigung für ihn gelten lassen, daß Roquefeuille ihn zuerst gereizt und später gefordert und ihm im Zweikampf nach dem Leben getrachtet hatte. Richard war zehn Jahre älter als Günther und überhaupt ein besonnener, kalter Mann. Es wäre seine Pflicht gewesen, wie es sein Recht war, die unvernünftige Forderung seines Gegners überhaupt nicht anzunehmen; aber er hatte mit unerklärtem Eifer den Vorwand, der ihm geboten wurde, benutzt, um sich Roquefeuille gegenüberzustellen – er hatte ihn töten wollen, und er hatte ihn getötet. Daß dies ein Unglücksfall gewesen, war ausgeschlossen, denn Richard war ein Pistolenschütze ersten Ranges. – Was er getan hatte, erschien mir grausam und ungerecht. Ich verlangte nicht mehr danach ihn zu sehen. In Trauer um meinen unglücklichen Freund, den ich gleich einem Sohne geliebt hatte, sagte ich mir, ich wollte meinen Bruder nie wieder sehen.

Die Mehrzahl meiner Bekannten war um diese Zeit – im Hochsommer – von der Hauptstadt abwesend. Aber einer von ihnen war noch dort, Herr von L., und der war gerade die geeignete Persönlichkeit, mir zu sagen, was ich wissen wollte: nämlich, wie man sich in unseren Kreisen über die Haltung meines Bruders äußerte.

Zu meinem Erstaunen faßte sich der im allgemeinen sehr redselige L. in seiner Antwort ganz kurz: er habe nur wenig von dem Fall sprechen hören – die Stadt sei ja leer – aber meinen Bruder könne unmöglich ein Tadel treffen, und er habe ihn auch nirgends tadeln hören, denn es sei klar und allgemein bekannt, Graf Roquefeuille habe den Streit mutwillig heraufbeschworen und unbeugsam auf den scharfen Bedingungen bestanden, unter denen das Duell ausgefochten worden sei.

Mit meiner Mutter stand ich stets, so oft wir nicht an demselben Orte weilten, in regelmäßigem Briefverkehr. Ich erinnere mich aber nicht, je einen langen Brief von ihr erhalten zu haben. Gewöhnlich sagte sie auf einer kleinen Seite alles, was sie zu sagen hatte. – Und sie verlangte auch nicht mehr von mir. Sie wollte nur erfahren, wie ich mich befände. – Sie hatte die Stadt wenige Tage nach mir verlassen, war später noch einmal auf kurze Zeit dorthin zurückgekehrt und befand sich augenblicklich an der See. Von dort empfing ich, vier Tage nachdem Günther gefallen war, einen Brief von ihr, der aber nur die Nachricht enthielt, sie betrachte ihre Kur am Meere als beendet und werde in wenigen Tagen nach ihrem Gute M. abreisen. Ich sollte ihr vorläufig nicht schreiben, da sie mir keine sichere Adresse geben könne: sie wisse noch nicht, ob und wo sie sich unterwegs aufhalten werde; ich würde aber sogleich nach ihrer Ankunft in M. von ihr hören.

Der Brief enthielt kein Wort über das Duell. Ich konnte mir dies nur damit erklären, daß sie an dem Tage, an dem sie ihn geschrieben, noch nichts davon gehört hatte. Und ich wartete ungeduldig auf ein Lebenszeichen von ihr. – Ich mußte mich lange gedulden. Erst nach zehn Tagen trafen Nachrichten von ihr ein: sie sei etwas ermüdet von der Reise in M. eingetroffen, aber sie glaube, das werde bald vorübergehen. Mir ginge es hoffentlich gut. Sie würde sich freuen, dies von mir bestätigt zu hören.

Ich wußte nicht, was ich zu dem Brief sagen sollte. Hatte meine Mutter keine Kenntnis von dem furchtbaren Ereignis, das sie doch so nahe berührte, – oder wollte sie nichts davon wissen? – Nach langem Sinnen schrieb ich ihr nicht viel länger, als sie mir geschrieben hatte, sie scheine noch nichts von dem Duell, in dem Günther gefallen sei, gehört zu haben; ich wünschte mit ihr darüber zu sprechen – ob ihr Gesundheitszustand eine derartige Unterredung gestattete? – In dem Falle würde ich sie aufsuchen, sobald ich mich vom Krankenlager meiner Frau entfernen könnte.

Darauf erwartete ich nun mit Sicherheit einen langen Brief. – Aber ich hatte mich geirrt. – Die Antwort traf mit umgehender Post ein und hatte folgende Fassung: »Mein geliebter Sohn! Für Dich bin ich stets zu sprechen. Komm, wann Du willst! Ich befinde mich bereits wieder wohl genug, um aufstehen zu können, und die peinliche Unterredung, die Du mit mir zu haben wünschst, ist kein Grund für mich, Dich nicht zu empfangen.

Deine Mutter.«

Ich verheimlichte Susanne diesen eisigen Brief. Er würde ihr warmes Herz tief verletzt haben. Ich sagte ihr nur, meine Mutter befinde sich seit einigen Tagen in M., sie sei nicht ganz wohl, und ich beabsichtige, sie aufzusuchen, sobald ich mich in O. entbehrlich fühlte.

»Meinetwegen darfst du keinen Tag länger hierbleiben«, sagte Susanne. »Deine Pflege ist mir die liebste, aber ich könnte mich ihrer nicht freuen, wenn ich mir sagen müßte, daß deine Mutter sich dadurch vielleicht vernachlässigt fühlte. Besuche sie sogleich – ich bitte dich darum – und bleibe, solange du es für nötig hältst! – Sehr lange wird es hoffentlich nicht sein.«

Darauf reiste ich am nächsten Tage ab, nachdem ich von Susannen zärtlich Abschied genommen und sie der Sorge des Arztes empfohlen hatte, der während meiner Abwesenheit in O. bleiben sollte. – »Sie können ruhig reisen«, sagte dieser. »Ihrer Frau Gemahlin geht es heute schon erheblich besser, und ich möchte beinah dafür bürgen, daß Sie sie in vier bis fünf Tagen geheilt wiederfinden werden.«

Zwischen meiner Mutter und mir kam es zu einem Auftritt, den ich bei der unbegrenzten Verehrung für sie, in der ich erzogen und alt geworden war, nicht für möglich gehalten hätte: ich wurde heftig, und bittere Worte gegen sie kamen über meine Lippen.

Ich hatte ihr meine Ankunft vorher angezeigt, und sie erwartete mich auf ihrem Zimmer, als ich in M. eintraf.

Sie saß an einem offenen Fenster, aber sie hatte, trotz der drückenden Hitze, einen leichten Schal über ihre Füße gebreitet. Ich schritt schnell auf sie zu und küßte ihr ehrerbietig die Hand, während sie, als ich mich dazu niederbeugte, meine Stirn mit ihren Lippen berührte. Es war dies der Gruß, an den ich seit meiner frühesten Kindheit gewöhnt war. – Ehe ich mich niedersetzte, bat sie mich, das Fenster zu schließen.

Meine Mutter ist eine würdevolle Frau, deren Äußeres schon
Achtung gebietet. Sie ist in ihrer Jugend sehr schön gewesen, und
die Jahre haben zwar ihre Schönheit ganz verändert, aber kaum
vermindert. Mit ihrem schneeweißen Haar, ihrer feinen, von tausend Fältchen durchzogenen Haut, ihren ernsten, großen Augen
und den scharf gezeichneten, edlen Zügen ihres Antlitzes, erinnert
sie an die Bilder alter großer Damen des sechzehnten Jahrhunderts.
– Gerechtigkeit, Willenskraft, Strenge sind auf ihrem Gesichte geschrieben. Sie ist Richard und mir stets eine sorgende, treue, nie
eine zärtliche Mutter gewesen, und da wir unseren Vater bald nach
der Geburt meines jüngeren Bruders verloren haben, als ich kaum
acht Jahre alt war, so kann ich nicht sagen, daß meine Kindheit unter der ausschließlichen Leitung meiner strengen, schweigsamen
Mutter eine glückliche gewesen sei.

Ich war mit vierundzwanzig Jahren in den Besitz meines großen
väterlichen Vermögens gelangt, und meine Mutter hatte niemals
versucht, die Unabhängigkeit, die ich dadurch erlangte, anzutasten.
Ich hatte mich darauf, im Laufe der Zeit, in Gesellschaft lebenslusti-
ger, reicher Altersgenossen, nach außen hin wohl verändert, doch
war der Grundzug meines Charakters der ernste, nachdenkliche
geblieben, den meine Mutter in das empfängliche Herz des Kindes
tief eingezeichnet hatte. – Bei Richard hatte unsere erste Erziehung
noch tiefere Spuren hinterlassen. Er war ein stilles Kind gewesen,
und mit den Jahren ein Mann von fast finsterem Ernst geworden. Er
haßte die Lüge. Er war streng, gerecht, doch war er nicht hartherzig.
Wo er einen Hilfsbedürftigen fand, den er der Unterstützung für
würdig hielt, da ruhte er nicht, bis er ihm geholfen hatte. Aber es
wurde ihm schwer, einen Fehler, ja eine Schwäche zu verzeihen. –
Und er war leicht erzürnt. – Er beschäftigte sich mit wissenschaftli-
chen Studien, die sein Leben auszufüllen schienen. Sein gesell-
schaftlicher Verkehr beschränkte sich fast ausschließlich auf den
Umgang mit Professoren der Hochschule, und diese, seine gelehr-
ten Kollegen, sprachen mit Achtung von seinem Fleiß und Scharf-
blick. – Er war von allen, die ihn kannten, geachtet, von vielen gefürchtet, er hatte keine Freunde. – Die einzigen Wesen, die seinem
Herzen nahestanden, waren seine Mutter und sein Bruder. Er hatte
mir nicht abgeraten, mich zu verheiraten. Er hatte dazu geschwiegen. – Schweigen war seine und meiner Mutter starke Seite. Auch

ich hatte gelernt, Schweigen als die stärkste Waffe gegen Ungerechtigkeit und Unbill zu betrachten und als etwas Großes, Mächtiges zu verehren – »Schweigen ist für Unglück gut«, war ein Wort meiner Mutter. – Eines der ersten Gedichte, die meinem Gedächtnis eingeprägt wurden, war »La mort du Loup.«:

> A voir ce que l'on fait sur terre et ce qu'on laisse,
> Seul le silence est grand; tout le reste est faiblesse.«

Seit meiner Verheiratung sah ich weniger von Richard als früher; aber ich hatte die Sicherheit, daß er mein treuester Freund geblieben war und selbst die Erbitterung gegen ihn, die der Tod Günthers bei mir erzeugt, hatte daran nichts geändert.

Nachdem ich das Fenster geschlossen und mich, einem Wink meiner Mutter gehorchend, ihr gegenüber niedergelassen hatte, blieben wir eine Weile, die mir lang erschien, still: denn mein Herz war voll zum Überfließen. Ich wußte, daß meine Mutter das Schweigen nicht unterbrechen würde, und deshalb begann ich zu sprechen.

»Ich finde, du siehst angegriffen aus. – Bist du leidend?«

»Ich kann seit einiger Zeit nicht schlafen. Ich hoffe, das wird vorübergehen.«

»Ist Richard hier?«

»Richard ist noch in der Stadt. Ich erwarte ihn in einigen Tagen.«

Wieder eine längere Pause. Es kochte in mir. Ich war nun ganz sicher, daß meine Mutter von dem Duell, von der traurigen Rolle, die Richard dabei übernommen hatte, nicht sprechen wollte. Sie *sollte* davon sprechen. Deswegen gerade hatte ich die kranke Susanne verlassen und war nach M. gereist. –

Aber wie ich noch nach dem Eingang zu dem Gespräch suchte, das ich mit ihr haben wollte, unterbrach sie das Schweigen.

Sie hatte mich, das fühlte ich, obgleich ich die Augen gesenkt hielt, aufmerksam beobachtet. Jetzt sagte sie ruhig:

»Auch du siehst leidend aus. – Was fehlt dir?«

Da brach mein Zorn hervor; aber ich sprach mit gedämpfter Stimme, ehrerbietig im Tone, wie vierzigjährige Gewohnheit es mir zur zweiten Natur gemacht hatte.

Ja, ich hatte während der vergangenen Wochen viel gelitten: der Tod Günthers hatte mich auf das tiefste bekümmert, und daß er von der Hand meines Bruders gefallen war, meinen Schmerz um den Verlust, den ich erlitten hatte, verzehnfacht. – Susanne, das Liebste, das ich auf der Welt hatte, lag krank darnieder. Ich hatte für ihr Leben gefürchtet. Und in meinem Schmerz, in meiner Unruhe hatten mich Mutter und Bruder allein gelassen, als wäre ich ihnen ein Fremder. Nicht ein Wort der Aufklärung hatte ich von Richard erhalten können. Nach der in der Familie beliebten Art hatte er geschwiegen. – »Aber mit Schweigen antwortet man viel«, sagte ich ingrimmig. »Mit Schweigen verjagt man den Freund. Mir, dem Bruder gegenüber war es Richards Pflicht zu sprechen, ist Schweigen eine Beleidigung, die ich empfinde und ihm nie verzeihen werde.«

»Glaubst du, es wäre besser gewesen, er hätte gesprochen?«

Es war etwas Eigentümliches, Beängstigendes in dem Tone, in dem diese Worte gesprochen wurden. Es war, als sagten sie: »Hüte dich, ihn zum Reden zu zwingen!« – Aber das mußte ich nun. Ich wollte das Schlimmste hören, wenn es Schlimmes zu sagen gab. – Richard sollte mir antworten: es war seine Pflicht, es zu tun, mein Recht, es zu verlangen.

»Alles wäre besser gewesen als sein Schweigen,« sagte ich, »denn durch sein Schweigen habe ich ihn und hat er einen Bruder verloren.«

Ein langgezogenes, schmerzliches »Oh . . .« kam über die Lippen meiner Mutter. Sie beugte sich zurück und schloß eine Sekunde die Augen. – Aber in mir kochte es. Das Schweigen meiner Mutter nahm mir fast die Besinnung.

»Auch du schweigst«, fuhr ich leise, bitter fort. »Auch du ziehst es vor, mir nicht ein Wort zur Entschuldigung Richards zu sagen. Du hast nicht einmal ein Wort gefunden, um deiner Teilnahme an meinem Kummer über Susannens Krankheit Ausdruck zu geben. Und doch mußt du wissen, daß dieser Kummer mir das Herz zerfrißt. – Kannst du kalt an dem Schmerz deines Sohnes vorübergehen – o Mutter – was bist du mir dann? Verbirgst du mir aber dein Mitleid, so daß ich es nicht zu erkennen vermag – welchen Trost, welche Linderung meines Schmerzes gewährt es mir? – Ich bin dir stets ein ehrerbietiger, liebender Sohn, Richard ein treuer Bruder gewesen – und ich möchte es bleiben. Aber eure grausame Kälte stößt mich zurück, und ich würde mich zu unerträglicher Einsamkeit verdammt sehen, bliebe mir nicht in der Liebe Susannens ein Asyl, in das ich mich flüchten werde, wenn ihr mich verurteilen wollt, einsam zu leiden und zu leben.«

Meine Mutter erhob sich und stand kerzengerade vor mir, das stolze Haupt zurückgeworfen. – »Mein Mitleid war größer, als du glaubst. Ich hoffte, dir den furchtbarsten Schmerz ersparen zu können. Ich sehe – es kann nicht sein. Richard hatte recht, als er mir sagte, du müßtest die ganze Wahrheit erfahren und sollte sie dich vernichten.«

Ich war aufgesprungen. Mir ahnte Schreckliches. »Sprich, Mutter,« sagte ich, »sprich!«

»Du bist auf das abscheulichste betrogen worden... von deiner Frau und von deinem Freunde... Richard hat dich gerächt!«

Ich sank auf den Stuhl zurück. Ich konnte zunächst keinen Gedanken fassen: ich starrte betäubt vor mich hin. Endlich kam ich wieder zu mir: »Betrogen von Susanne und Günther?« sagte ich leise, fragend. »Oh, Mutter, quäle mich nicht so grausam! Sage mir die Wahrheit!«

»Kann ich lügen? ... Du weißt die Wahrheit.«

Ich klammerte mich an das Unwahrscheinliche. »Vielleicht irrst du dich? Vielleicht hat man dich getäuscht?«

»Ich bin nicht leichtfertig, wenn es sich um dein Glück handelt. Ich habe Beweise ihrer Schuld.«

»Beweise ihrer Schuld?«

»Ja, Beweise!«

Sie schritt, einem Automaten gleich, so eckig und gleichmäßig waren ihre Bewegungen, ihrem Schreibtische zu, öffnete eine verschlossene Schublade und entnahm derselben eine unscheinbare

Kassette aus dünnem Eisenblech, die sie mir ohne ein Wort übergab.

Das Kästchen war offen. Als ich den Deckel gehoben hatte, sah ich es mit Briefen gefüllt: Briefen meiner Frau an Günther von Roquefeuille. – Ich durchflog einige davon. Ich konnte keinen Zweifel mehr hegen: ich war das vertrauensselige Opfer schwarzen Verrats gewesen.

Während ich brütend dasaß, hörte ich meine Mutter sprechen, länger, als sie je mit mir gesprochen hatte. Ich vernahm, was sie sagte, wie in einem bösen Traum. Doch ergriff ich klar den Sinn ihrer Rede: Meine Mutter und Richard hatten Susannen von Anfang an mißtrauisch beobachtet. – Ihr Argwohn war schließlich auf die Beziehungen zwischen meiner Frau und Roquefeuille gelenkt worden. Nach einiger Zeit hatten sie die Überzeugung gewonnen, daß die beiden mich täuschten. Aber sie hatten vollständige Gewißheit haben wollen und, da es sich um die Ehre der Familie handelte, vor keinem Mittel zurückgeschreckt, um sich diese zu verschaffen. Ein Geheimpolizist, der den Kammerdiener Roquefeuilles bestochen, hatte sie ihnen geliefert. – Am Abend des Tages, an dem Roquefeuille nach O. abgereist war, hatte Richard die Kassette ausgeliefert bekommen, die hundert unwiderlegliche Beweise von Susannens Schuld enthielt. – Darauf war Richard nach O. abgereist, hatte dort in der Nacht eine Zusammenkunft mit Roquefeuille gehabt und mit ihm den Zweikampf verabredet, in dem Roquefeuille gefallen war. Dieser war ohne Widerrede auf alle Bedingungen eingegangen, die Richard gestellt hatte, der es übernahm, seinen Gegner durch ein unverfängliches Telegramm aus O. abzurufen. – Roquefeuille sollte meinen Bruder reizen, ihn fordern, auf die schärfsten Bedingungen bestehen, um jeden Verdacht, als ob Richard das Duell gewollt habe, von diesem abzulenken.

Nach dem Tode Roquefeuilles hatten meine Mutter und mein Bruder zunächst gehofft, der wahre Grund der Sache könne vor mir verborgen gehalten werden; als Richard aber erkannt hatte, daß trotz aller von ihm gebrauchten Vorsicht die wirkliche Veranlassung des Zweikampfes hier und da geahnt wurde, da hatte er darauf gedrungen, daß mir die Wahrheit nicht ferner vorenthalten werde. Nur auf Bitten meiner Mutter war ich bisher noch im Dunkel gelassen worden. Doch war auch sie fest entschlossen gewesen, eine Trennung zwischen Susanne und mir herbeizuführen. Meine Frau sollte veranlaßt werden, mich zu verlassen. Es würde mich tief kränken, doch weniger, als wenn ich erführe, daß sie und mein Freund mich betrogen hatten. – »Diesen Vorschlag, den mir meine Liebe für dich eingab, hast du vereitelt. Ich will es nicht beklagen. Ich habe die Wahrheit gesagt. Das kann nicht schlecht sein, auch wenn es Unglück anrichtet.«

Meine Mutter schwieg. –

Die Dämmerung war eingebrochen. Ich erhob mich schwerfällig.

»Ich will jetzt gehen«, sagte ich.

»Wohin?«

»Nach Hause . . . Zu meiner Frau!«

Es mußte wohl etwas Schreckliches in meiner Stimme sein, denn meine Mutter sagte ängstlich: »Eine Sünde kann nicht durch ein Verbrechen gesühnt werden. – Was willst du tun?«

Ich blieb ihr die Antwort einige Minuten lang schuldig. – Sie sah, daß ich nachdachte, und unterbrach mich nicht. Dann sagte ich: – »Schweigen.«

»Seul le silence est grand; tout le reste est faiblesse.« Immer und immer wiederholte ich die Worte während der Rückfahrt nach O., und der Entschluß, den ich gefaßt hatte, stand unwiderruflich fest.

Als ich in O. angelangt war, beschied ich zunächst den Doktor zu mir. Er kam mir mit einem zufriedenen Lächeln entgegen.

»Ich kann Ihnen gute Nachrichten bringen«, sagte er. »Der Zustand Ihrer Frau Gemahlin hat sich während der letzten achtundvierzig Stunden wesentlich gebessert und ist jetzt unbedenklich. Sie befindet sich noch immer in einem Zustand großer Niedergeschlagenheit, und ihre stark erschütterten Nerven bedürfen noch sorgfältiger Pflege – aber die wird nicht fehlen, und ihre gesunde junge Konstitution wird das übrige tun. Ich verordne augenblicklich nichts für sie als Ruhe. Vorläufig möchte ich sie noch in O. behalten;

in vierzehn Tagen aber – so denke ich mir – können wir sie an die See führen.«

Ich dankte dem Doktor. – Seine Vorschriften, sagte ich, sollten gewissenhaft befolgt werden. Dann bat ich ihn, eine gute Krankenwärterin kommen zu lassen, mit der zusammen ich die Pflege meiner Frau übernehmen wolle. – Das Kammermädchen, das möglicherweise eine Vertraute war, sollte nicht in ihrer Nähe bleiben. Dem Doktor erklärte ich aber nur, die Jungfer verstehe nichts weiter, als ihre Herrin anzukleiden und zu frisieren; als Krankenwärterin flößte sie mir kein Vertrauen ein. Der Arzt war ganz einverstanden mit mir, daß sich eine zuverlässige Krankenwärterin augenblicklich im Dienste Susannens weit nützlicher machen könnte als ein gewandtes Kammermädchen. – Schließlich ersuchte ich den Doktor, sich bis auf weiteres täglich im Laufe des Vormittags einfinden zu wollen, um alles, was er zur Pflege der Kranken für nötig erachte, persönlich überwachen zu können.

Nachdem der Arzt gegangen war, begab ich mich auf Susannens Zimmer. Sie winkte mir vom Bett aus freundlich zu, als sie mich in der Tür erblickte, und sagte im Tone liebevollen Vorwurfes.

»Hast du so wenig Eile, mich zu sehen? Ich hörte den Wagen schon vor einer Viertelstunde ankommen und wollte dir danken, deinen Aufenthalt in M. abgekürzt zu haben.«

Ich trat an das Bett und ließ mich auf einen Stuhl nieder, der an der Seite desselben für den Arzt aufgestellt war. –

Mein Gesicht sollte nichts von dem verraten, was in meinem Innern vorging, und ich glaube, es gelang mir, es vollständig undurchsichtig zu machen. Ich blickte nicht finster, geschweige denn aufgeregt, zornig: kalter, teilnahmsloser tiefer Ernst allein war in meinen Augen und den starren Gesichtszügen zu lesen. Mein Blick war fest auf Susanne gerichtet und wandte sich nicht wieder von ihr ab.

Sie beobachtete mich, eine Minute etwa, ohne sprechen zu können. Erstaunen – Beunruhigung – Angst – Entsetzen malten sich in schneller Reihenfolge unverkennbar auf ihrem Antlitz. – Sie richtete sich mit einer heftigen Bewegung halb in die Höhe und starrte mich an. Ihr Atem flog, der Angstschweiß trat ihr auf die Stirn.

»Was ist vorgefallen? Sprich! – Um Gottes willen: sprich!«

Und als ich unbeweglich, stumm, die Augen ohne Klage, ohne Vorwurf ruhig auf sie gerichtet, sitzen blieb, da sprang sie plötzlich mit einem unterdrückten Aufschrei aus dem Bett und stand geisterbleich, die Augen in wahnsinnigem Entsetzen aufgerissen, vor mir.

»Was ist vorgefallen? Ich beschwöre dich, sage mir, was ist vorgefallen?... Bist du krank?... Zürnst du mir?.... O sprich, sprich!... Was ist vorgefallen?«

Sie wich, ohne die Augen von mir abzuwenden, gebannt wie der Vogel durch die Schlange, langsam, scheu, lautlos zurück. Ich glaubte, sie wolle versuchen, sich ungehindert der Tür zu nähern, zu entfliehen. – Ich ließ es geschehen. Ich wandte nur den Kopf und verfolgte, ihr in die Augen blickend, ihre Bewegungen. – In der Mitte des Zimmers blieb sie stehen. Zum erstenmal, seitdem ich an das Bett getreten war, senkten sich ihre Lider, und es schien mir, als dächte sie nach. – Dann ohne mich anzusehen, schlich sie nach dem Bette zurück und legte sich wieder nieder. – Einen kurzen Augenblick streifte mich ihr unsteter Blick, dann legte sie die Hände vor das Gesicht und wimmerte leise, flehend, zum Erbarmen:

»Ich bitte dich, so sehr ich kann, sei nicht so unbarmherzig, so grausam, sage nur ein Wort, nur ein einziges Wort. – Ein Wort... ein Wort... Und, oh! sieh mich nicht so an, nimm deinen Blick von mir!«

Ich schwieg. – Sie brach in ein leises, kindliches Wimmern aus, zog das Bettuch über ihr Gesicht und blieb eine Weile unbeweglich liegen. Dann vorsichtig, leise, als könne sie meine Wachsamkeit täuschen, befreite sie den oberen Teil ihres Kopfes von dem Laken und spähte nach mir herüber; aber als ihre Augen meinen Blick wiedergefunden hatten, zog sie den Kopf schnell zurück und verhüllte ihr Antlitz von neuem.

Ich blieb unbeweglich.

Drei Stunden schlichen dahin. – Ich hörte von der Schloßkapelle die siebente Stunde schlagen. – Ich erhob mich und zog die Klingel, die neben dem Kopfkissen angebracht war. Als Susanne bemerkte, daß ich mich dabei über sie beugte, warf sie die Decke, die sie über ihr Haupt gezogen hatte, schnell zurück. Der Ausdruck ihres Gesichtes zeugte von furchtbarster Todesangst. – Ein kurzer Aufschrei! – In demselben Augenblick ertönte die Klingel. Es schien sie zu beruhigen. – Ihre Lippen bewegten sich, aber es drang kein Laut darüber.

Ich trat an die Tür, und als ich den eilenden Schritt des Dieners vernahm, öffnete ich und befahl im Flüstertone, das Essen für die Kranke heraufzubringen; ich würde nebenan, in meinem Zimmer, speisen. – Dann setzte ich mich wieder an das Bett. – Als das Kammermädchen, mit einem kleinen, für die Kranke gedeckten Tisch hereintrat, begab ich mich auf mein Zimmer, lehnte, ohne sie zu schließen, die Tür an, die von dort nach dem Schlafgemach meiner Frau führte, und nahm etwas Nahrung zu mir. Denn ich durfte nicht schwach werden.

Ich vernahm das Kommen und Gehen des Kammermädchens im Nebenzimmer. Ich hörte, wie sie nach einer Weile leise sagte: »Wollen die gnädige Frau denn gar nichts genießen?« ohne daß ihr eine Antwort wurde. Bald darauf wurde das Essen abgetragen, und das Kammermädchen verließ das Zimmer. Sobald sich die Tür hinter ihr geschlossen hatte, trat ich wieder an das Bett meiner Frau und nahm meinen Platz an demselben ein. – Und dort verharrte ich, mit den kurzen Unterbrechungen, die ich dem Kammermädchen gewährte, um das Krankenlager für die Nacht zurecht zu machen, bis zum Morgen.

Während der unendlich langen Nacht lag Susanne verhüllten Hauptes vor mir. In langen Zwischenräumen zog sie die Decke zurück und versuchte bei dem Halbdunkel, das im Zimmer herrschte, zu erkennen, ob ich schliefe. Wenn sie meine starr auf sie gerichteten Augen sah, schrak sie zusammen und verbarg sich wieder.

Als ich an einigen Bewegungen auf Flur und Treppe bemerkt hatte, daß die Dienerschaft aufgestanden sei, klingelte ich wieder, entfernte mich geräuschlos und ließ das Kammermädchen mehrere Stunden lang allein mit ihrer Herrin.

Ich versuchte während der Zeit zu schlafen; aber ich konnte keine Ruhe finden.

Gegen zehn Uhr morgens ließ sich der Doktor bei mir melden.

Ich empfing ihn, nachdem ich die Tür, die nach Susannens Zimmer führte, geschlossen hatte. – Der Doktor war in Gesellschaft einer noch jungen Frau in grauem Gewande, von gefälligem Äußeren, stillem, gleichzeitig bescheidenem und entschlossenem Auftreten, die er mir als »Schwester Luise« vorstellte. – Ich sagte dem Doktor, er möchte sich sogleich von dem Zustand meiner Frau überzeugen, mir käme er nicht unbedenklich vor. Ich hätte mich so ruhig wie möglich in ihrer Gegenwart verhalten, aber sie erscheine mir trotzdem sehr aufgeregt. – Dann verständigte ich mich mit Schwester Luise, wie wir uns in den Dienst bei der Kranken teilen wollten. Sie sollte des Morgens und des Abends von fünf bis elf Uhr bei ihr sein; während der anderen zwölf Stunden wollte ich wachen.

»Aber Sie werden sich krank machen, wenn Sie jede Nacht am Krankenbett zubringen wollen«, sagte der Arzt. »Das darf ich nicht gestatten.«

»Das müssen Sie mir schon erlauben, Herr Doktor«, antwortete ich; »denn es ist auch das Beste für mich. Ich würde in meinem Bett doch keine Ruhe finden, wenn ich dächte, daß meine Frau nebenan leidend darniederliegt. – Am Tage, wenn das Nachtwachen mich müde gemacht hat, darf ich dagegen hoffen, einige Stunden schlafen zu können.«

»Nun,« meinte der Doktor, »hoffentlich wird sich der Zustand Ihrer Frau Gemahlin bald soweit gebessert haben, daß Sie selbst vorschlagen werden, Ihre Nachtruhe nehmen zu dürfen. – Ich will jetzt die Kranke besuchen und ihr Schwester Luise vorstellen.«

Die beiden verließen mich. Während sie über den Flur in das Krankenzimmer traten, öffnete ich vorsichtig, doch laut genug, um es meiner Frau vernehmbar zu machen, die Verbindungstür zwischen ihrem und meinem Gemach. – Aber ich ließ die Tür angelehnt.

Gleich darauf hörte ich den Doktor meine Frau begrüßen und ihr Schwester Luise vorstellen. Dann kamen die üblichen Fragen: »Wie befinden Sie sich – wie haben Sie geschlafen – wie ist der Appetit – der Puls?« und so weiter.

Die Antworten meiner Frau wurden mit so leiser Stimme abgege-
ben, daß es mir unmöglich war, auch nur ein Wort davon zu verstehen.

Ich hörte den Doktor »Hm, Hm!« machen, Schwester Luise beiseite nehmen und mit ihr sprechen. Dann wurde es einige Minuten
still, bis ich den Doktor wieder vernahm: »Sie müssen ruhen, gnädige Frau. Ich werde Ihnen etwas verschreiben, wonach Sie schlafen
werden. – Sie befanden sich gestern besser als heute. – Hat Sie etwas
aufgeregt?«

Einige unverständliche Worte meiner Frau – sodann der Doktor
wieder:

»Nichts? Gar nichts? Das verstehe ich nicht. – Sie haben wieder
etwas Fieber; aber Schwester Luise wird gut acht geben. Fügen Sie
sich nur vertrauensvoll all ihren Weisungen. – Ich werde heute
abend wieder vorkommen, um zu sehen, wie die Arznei gewirkt
hat.«

Gleich darauf hörte ich ihn das Zimmer verlassen, und eine halbe
Minute später klopfte er wieder bei mir an. Ich hatte inzwischen die
Durchgangstür leise geschlossen.

Der Doktor trat mir mit sorgenvoller Miene entgegen.

»Ich begreife den Zustand Ihrer Frau Gemahlin nicht«, sagte er.
»Gestern war sie ganz entschieden auf dem Wege schneller Besse-
rung, heute ist sie schwächer und unruhiger, als ich sie je zuvor
gesehen habe. – Sie kann oder sie will mir keine Auskunft geben. –
Auf meine Frage, ob etwas vorgefallen wäre, was sie aufgeregt hätte, gibt sie mir verneinenden Bescheid. – Doch behaupte ich, daß ihr
etwas Peinliches zugestoßen sein muß. Jede andere Erklärung für
ihren augenblicklichen Zustand fehlt mir. – Können Sie mir Aufklärung geben?«

Ich zuckte die Achseln und blickte finster und nachdenklich vor
mich hin. – Ich war finster und nachdenklich. Dem Doktor gegenüber konnte ich die Maske kalter Gleichgültigkeit ablegen, die ich in
Susannens Gegenwart trug.

»Besinnen Sie sich«, fuhr der Doktor fort. »Haben Sie irgend etwas gesagt, was die Kranke aufregen konnte?«

Darauf antwortete ich mit Bestimmtheit, ich wäre sicher, auch nicht ein Wort gesagt zu haben, was meine Frau peinlich berührt haben könnte.

Der Arzt bemerkte zögernd und verlegen, es wäre möglich, daß meine Gegenwart die Kranke beunruhige. Er möchte empfehlen zu versuchen, ob sich ihr Zustand nicht bessern werde, wenn man sie ausschließlich in den Händen der Schwester Luise ließe, die eine ganz zuverlässige und sehr gute, ehrenwerte Person sei.

Da mußte ich vorbeugen. – Ich erklärte dem Arzte mit einer Festigkeit, die ihm einen Widerspruch unmöglich machte, wenn er nicht darauf verzichten wollte, Susannen ferner zu behandeln, ich würde mich auf ein derartiges Experiment nicht einlassen, ich betrachtete es als eine persönliche Beleidigung, wenn er annehmen wollte, daß ich meiner Frau gewissermaßen Widerwillen einflöße. Ich hätte sie seit unserer Verheiratung auf Händen getragen und wäre noch bei meinem gestrigen Eintritt in ihr Zimmer liebevoll von ihr begrüßt worden, ja sie hätte sich darüber beklagt, daß ich nicht unmittelbar nach meiner Ankunft zu ihr gekommen wäre. – »Niemand«, so schloß ich meine Worte, »kann an dem Befinden meiner Frau größeren Anteil nehmen als ich selbst. Ich schulde ihr meine Gesellschaft, und es ist mir ein Bedürfnis, sie zu sehen. Ich bin bereit, mich Ihren ärztlichen Anordnungen zu unterwerfen, meiner Frau kein Wort zu sagen, das sie aufregen, geschweige denn verletzen könnte; – aber ich weiche nicht von der Stelle, die mir mein Recht und meine Pflicht anweisen. Nähme ich eine andere Haltung an, so könnte dies eine Entfremdung zwischen meiner Frau und mir herbeiführen. Daran mag ich nicht denken. Ich wünsche, daß wir uns stets ganz verstehen, und dazu müssen wir uns unter allen Umständen nahe bleiben.«

Ich hatte mit einer Leidenschaftlichkeit gesprochen, die der Doktor, der mich seit langen Jahren kannte, nie zuvor an mir bemerkt hatte, und die einen tiefen Eindruck auf ihn zu machen schien. Auch war ja das, was ich sagte, richtig und berechtigt. Er bedauerte augenscheinlich, mich gekränkt zu haben, und war nun bemüht, dies wieder gut zu machen, indem er sagte, sein Vorschlag habe nur auf einen Versuch hingewiesen, dem er keine besondere Bedeutung beimesse: er füge sich bereitwillig meinen Wünschen.

Ich atmete auf. – Nun hatte ich gewonnene Sache. – Der Doktor, dessen war ich gewiß, würde nicht wagen, noch einmal zu versuchen, mich aus dem Krankenzimmer zu verbannen.

Von nun an begann ein furchtbarer stiller Kampf zwischen Susannen und mir, in dem ich des Sieges von Anfang an sicher war, und dessen tödliche Einförmigkeit nicht wieder unterbrochen wurde. – Ich hatte mich mit Schwester Luise ohne Schwierigkeit vollständig verständigt. Es war mir leicht gewesen festzustellen, daß Susanne nicht versucht hatte, sie zu ihrer Vertrauten zu machen. Übrigens würde sie bei dem frommen, reinen Mädchen wohl auch wenig Verständnis für eine Erzählung ihrer Schicksale gefunden haben. – In mir erblickte Schwester Luise nur einen sorgenvollen, aufmerksamen, stillen, unermüdlichen Krankenwärter, den sie wegen dieser Eigenschaften schätzte; ich erkannte in ihr eines jener auserwählten Wesen, die, inmitten der sündigen Menschheit, unbekannt, rastlos, anspruchslos das Gute um des Guten willen tun, und die nicht anders handeln könnten, als sie handeln, weil sie von reinem Gemüt, milde und gut sind.

Schwester Luise und ich lösten einander mit nie fehlender Pünktlichkeit am Bette der Kranken ab. Ich hatte mit ihr verabredet, daß wir die Leidende nicht durch Gespräch in ihrer Gegenwart stören wollten. Was ich ihr zu sagen hatte oder von ihr hören wollte, das teilten wir uns in meinem Zimmer gelegentlich mit, wenn Schwester Luise meine in leichten Schlummer versunkene Frau unbedenklich allein lassen konnte. – Ganz regelmäßig verließ ich das Krankenzimmer in dem Augenblick, wo Schwester Luise eintrat, und sie ließ mich allein, sobald ich mich auf dem Stuhle neben dem Bette niedergelassen hatte.

Dort saß ich wochenlang, täglich zwölf Stunden, von elf bis fünf Uhr nachmittags und zu denselben Stunden der Nacht, in starrer Ruhe, die Hände ineinandergelegt, die Augen auf Susannen geheftet, niemals die Lippen öffnend, niemals durch ein Zucken des Gesichtes, durch einen Blick der Augen offenbarend, was in mir vorging, wie Gram und Schmerz an meinem Herzen fraßen. – Und mein Gram war das einzige, was mir wohltat, was meinen Mut und meine Kräfte aufrecht erhielt, damit ich ausharren könnte bis zum Ende.

Jedesmal, wenn ich eintrat, warf Susanne einen langen, flehenden, fragenden, ängstlichen Blick auf mich – und wenn sie erkannte, daß meine Augen und mein Mund stumm blieben, dann entrang sich ihrer Brust ein leises, unbeschreiblich schmerzliches Stöhnen – sie verhüllte ihr Haupt und blieb wie eine mit dem Leilach bedeckte Tote stundenlang unbeweglich liegen.

Es wurde Herbst. – Susanne war zum Skelett geworden, und an mir nagten ihre und meine Leiden. Mein Haar war ergraut, meine Haltung gebeugt, das Gesicht, das mir im Spiegel aus weitgeöffneten, ausdruckslosen Augen entgegenstarrte, war mir fremd, ungeheuer. –

Der Doktor wollte mich in ärztliche Behandlung nehmen. Ich wies ihn kalt zurück.

Der Winter war gekommen. Gespenstisch weiß, öde, tot umgab die Landschaft das unheimliche Schloß.

Da, eines Nachts bemerkte ich eine Bewegung unter dem Laken, mit dem Susanne sich verhüllt hatte, und langsam wurde ihr Antlitz sichtbar: klein, totenbleich, die dunkel gewordenen, übernatürlich großen Augen im Fieberglanz leuchtend. – Sie richtete sich mühsam in die Höhe und stieg schwerfällig aus dem Bett und stand vor mir im langen weißen Nachtgewand, über das sich ihr Haar wie ein Mantel aus lichtem, feinem Seidengewebe breitete. –

Der Ausdruck ihres Gesichtes hatte sich verändert: nicht mehr Angst und Schrecken, nur Leid und Jammer standen darauf geschrieben. Sie stützte sich auf die Lehne meines Sessels und sank zitternd auf die Knie. Dann streckte sie mir die weißen, schwachen Arme entgegen, und wie überirdisches Flüstern, grauenhaft, in Mark und Bein dringend, kam es über ihre Lippen:

»Der Allbarmherzige wird mir im Himmel gnädig sein, denn ich habe auf Erden Unsägliches gelitten. Nun werde ich endlich sterben. – Ich fürchte nichts mehr auf Erden. – Nicht für mich – oh, glaube es mir! – deines Friedens wegen flehe ich dich an: sei barmherzig, verzeihe mir! Scheide nicht in Unfrieden von mir, damit auch du nach meinem Tode Ruhe finden mögest!«

Sie umfaßte meine Knie und beugte das Haupt, und ein schwaches, unverständliches Murmeln ging über ihre Lippen.

Da kam es wie eine Offenbarung über mich, daß das Maß der Sühne voll sei, daß ich der Reuigen ihre Schuld vergeben müsse. – Der eisige Schmerz schmolz in meiner Brust und erfüllte mein ganzes Sein mit verzehrendem Mitleid, mit der Liebe, die nicht das Ihre sucht, die alles verzeiht. Ich legte meine Hand auf ihr Haupt und sagte sanft:

»Stehe auf, Susanne, ich habe dir verziehen.«

Sie hob das arme, gequälte, von Schmerz verklärte Antlitz und beugte es weit zurück, so daß ihre aufgelösten Haare den Boden zu meinen Füßen bedeckten, und blickte mich an: lange, dankbar, und ach, so traurig! – Ihre Augen füllten sich mit Tränen, und ein zitterndes, schwaches Klagen drang aus ihrer Brust. – Und auch mein Schmerz löste sich in Tränen. Als sie das sah, schlang sie ihre Arme um meinen Nacken und versuchte, sich daran emporzuziehen. Aber die Kräfte versagten ihr. Ich umfaßte sie und trug die leichte Gestalt auf das Bett, wo ich sie sanft niederlegte.

»Laß mich noch einmal hören, daß du mir verziehen hast,« flüsterte sie.

»Ich habe dir verziehen, von ganzem Herzen verziehen«, brachte ich hervor.

Da hob sie noch einmal die Arme und zog mich mit ihren letzten kleinen Kräften zu sich, und ihre erkaltenden Lippen berührten mich in feierlichem Abschiedskuß.

In dem Augenblick wurde die Tür kaum hörbar geöffnet, und Schwester Luise trat herein. Als sie mich über die Sterbende gebeugt erblickte, näherte sie sich schnell dem Bette. Sie warf nur einen Blick auf Susannen und entfernte sich dann wieder, und gleich darauf vernahm ich ihren eilenden Schritt auf der Treppe.

Nach einiger Zeit kam sie zurück, vom Pfarrer im Meßgewand begleitet. – Ich sank am Fuße des Bettes neben Schwester Luise auf die Knie, während der Priester seines heiligen Amtes waltete.

».... Pax tecum!«

Der Geistliche war gegangen. Es war wieder still im Sterbezimmer geworden; aber nicht von der furchtbaren Stille, die mich so lange dort umweht hatte –: von friedlicher, erhebender, versöhnter

Stille. – Susannens Hand suchte die meine und ruhte bald darin. –
Der Tod siegte schnell über seine schwache Beute. – Der müde Blick
erlosch, die Atemzüge wurden kürzer, schneller, leiser . . . Ich hörte
sie nicht mehr . . . Sie hatten aufgehört.

Schweigen – Stille – Friedhofsruhe: rings um mich her und in
meinem Herzen. – Ich bin müde . . . todmüde, und möchte nun
ruhen – neben Susannen.

Über tredition

Eigenes Buch veröffentlichen

tredition wurde 2006 in Hamburg gegründet und hat seither mehrere tausend Buchtitel veröffentlicht. Autoren veröffentlichen in wenigen leichten Schritten gedruckte Bücher, e-Books und audio-Books. tredition hat das Ziel, die beste und fairste Veröffentlichungsmöglichkeit für Autoren zu bieten.

tredition wurde mit der Erkenntnis gegründet, dass nur etwa jedes 200. bei Verlagen eingereichte Manuskript veröffentlicht wird. Dabei hat jedes Buch seinen Markt, also seine Leser. tredition sorgt dafür, dass für jedes Buch die Leserschaft auch erreicht wird.

Im einzigartigen Literatur-Netzwerk von tredition bieten zahlreiche Literatur-Partner (das sind Lektoren, Übersetzer, Hörbuchsprecher und Illustratoren) ihre Dienstleistung an, um Manuskripte zu verbessern oder die Vielfalt zu erhöhen. Autoren vereinbaren direkt mit den Literatur-Partnern die Konditionen ihrer Zusammenarbeit und partizipieren gemeinsam am Erfolg des Buches.

Das gesamte Verlagsprogramm von tredition ist bei allen stationären Buchhandlungen und Online-Buchhändlern wie z. B. Amazon erhältlich. e-Books stehen bei den führenden Online-Portalen (z. B. iBookstore von Apple oder Kindle von Amazon) zum Verkauf.

Einfach leicht ein Buch veröffentlichen: **www.tredition.de**

Eigene Buchreihe oder eigenen Verlag gründen

Seit 2009 bietet tredition sein Verlagskonzept auch als sogenanntes "White-Label" an. Das bedeutet, dass andere Unternehmen, Institutionen und Personen risikofrei und unkompliziert selbst zum Herausgeber von Büchern und Buchreihen unter eigener Marke werden können. tredition übernimmt dabei das komplette Herstellungs- und Distributionsrisiko.

Zahlreiche Zeitschriften-, Zeitungs- und Buchverlage, Universitäten, Forschungseinrichtungen u.v.m. nutzen diese Dienstleistung von tredition, um unter eigener Marke ohne Risiko Bücher zu verlegen.

Alle Informationen im Internet: **www.tredition.de/fuer-verlage**

tredition wurde mit mehreren Innovationspreisen ausgezeichnet, u. a. mit dem Webfuture Award und dem Innovationspreis der Buch Digitale.

tredition ist Mitglied im Börsenverein des Deutschen Buchhandels.

Dieses Werk elektronisch lesen

Dieses Werk ist Teil der Gutenberg-DE Edition DVD. Diese enthält das komplette Archiv des Projekt Gutenberg-DE. Die DVD ist im Internet erhältlich auf **http://gutenbergshop.abc.de**